미완성 초상화

미완성 초상화

2012년 1월 25일 1판 1쇄 발행

지은이 · 고대석 | 발행인 · 이선우
펴낸곳 · 도서출판 선우미디어
등록 | 1997. 8. 7 제300-1997-148호
110-070 서울시 종로구 내수동 75 용비어천가 1435호
☎ 2272-3351, 3352 팩스: 2272-5540 sunwoome@hanmail.net

Printed in Korea ⓒ 2012 고대석

값 10,000원

※ 잘못된 책은 바꿔 드립니다.
※ 저자와 협의하여 인지 생략합니다.

ISBN 978-89-5658-299-3 03810

미완성 초상화

고대석 수필집

선우미디어

미국 교포 의사의 창조적인 삶의 자화상

鄭木日

한국수필가협회 이사장, 한국문협 부이사장

올 가을에 미국 LA를 방문할 기회가 있었습니다. 그때 고대석 선생님과는 첫 만남이었습니다. 성공한 분들에게서 느껴지는 품위와 여유, 고 선생님의 순수하고도 평온한 표정과 맑은 눈빛이 먼저 다가왔습니다. 교양과 미모를 겸비하신 부인과 함께였는데 두 분의 사이가 무척이나 다정해 보였습니다. 그 부부의 행복과 사랑을 느낄 수 있는 것만으로도 분위기가 온화해졌습니다.

이번에 출간하는 수필집에는 고 선생님의 이민 40년의 인생 역정이 고스란히 담겨 있는 듯합니다.

고대석 선생님의 작품은 삶의 일상이나 편린들을 가볍거나 쉽게 다루지 않습니다. 평범한 삶의 소재들에서 일상의 성찰과 의미부여, 창의적인 노력을 하고 있습니다. 일상과 스쳐가는 삶의

기록만이 아니라, 문학의 길에서 인생에 대한 사유와 발견을 위한 탐구의 모습을 꾸준하게 보여주고 있습니다. 이런 노력으로 인해 수준 높은 문학성을 획득한 작품들을 선보이고 있습니다.

치과의사로서 칼럼 요소가 짙은 치아에 대한 여러 편의 글들은 오복 중의 하나라는 치아를 어찌 관리해야 하는지를 성경말씀까지 곁들인 친절한 치아안내서가 될 것 같습니다. 그리고 페미니스트로서 아내 사랑, 자녀 사랑을 진하게 느낄 수 있었고, 고국에 대한 향수와 이민자로서 성공하기까지의 역경 등이 행간 속에 녹아 있었습니다.

또 하나 고교 동창들과 열흘 동안의 고국 여행을 기록한 기행수필들을 빠뜨릴 수 없습니다. 인천국제공항 도착을 시작으로 전라도와 경상도, 제주도, 강원도의 경포와 설악산 관광을 마칠 때까지를 작가적 안목으로, 또 유머와 위트로 세밀하게 묘사하였습니다. 보통의 기행수필이 범하는 관광안내서 수준에서 탈피하여 그 고장의 내면을 들여다보고 살고 있는 사람들이 있어 현장감과 함께 읽는 재미와 지적 사고와 여행에의 진정한 재미까지 주고 있습니다.

　　이번 고대석 선생님의 처녀수필집 〈미완성 초상회〉는 가난한
한 청년이 미국에 이민하여, 성공한 치과의사가 되기까지의 아픔
과 노력, 그를 성공으로 이끌어준 돈독한 신앙심과 긍정적인 진
취성, 내 것이기에 소중함을 모르고 지나쳤던 한국의 독자들에게
한국의 아름다움을 깨닫게 해줄 것입니다.

　　이민 40년 생활을 어찌 한 권의 책에 다 담을 수 있을 것인가.
이 처녀수필집을 시발로 고대석 선생님의 작품들은 누에가 비단
실을 뽑아내듯 계속해서 좋은 글들이 많이 쏟아져 나오리라 기대
합니다.

　　첫 작품집을 출간하는 고대석 선생님께 축하와 박수를 보내며
독자 여러분들의 애독과 성원을 부탁드립니다.

따뜻한 미소가 절로 번지리라

김상래

삼육대학교 총장

　이 글이 전개되는 공간은 세 곳이다. 제1부는 저자가 살아가는 그의 집을 중심으로 한 미국의 이곳저곳, 제2부는 저자의 일터인 치과병원 진료실, 그리고 제3부는 저자의 고국인 대한민국이다. 우리는 이 책에서 저자와 함께 이런 공간들을 넘나들며 다양한 저자의 모습을 본다.

　진료실에서 만난 저자는 물론 전문 의료인인 치과 의사이다. 그러나 그뿐만이 아니다. 그는 자신의 일상이 된 진료 경험에서 삶의 의미를 캐내는 생활 철학자이다. 그는 그곳에서 ‘통증의 심리학’을 체득하고, 이가 없을 때 ‘잇몸으로 사는 지혜’를 배우며, 인간은 어딘가 ‘기대야 튼튼하다’는 것 등을 깨닫는다.

　그의 집에서 만나는 저자는 무엇보다도 이순(耳順)의 세월이 주는 그윽한 눈빛으로 아내를 바라보는 남편이다. 이제 그와 함께 그의 집에 들어가 보자. 벽에 걸린 Noewegian Star라는 그림을 보면 우리도 함께 우리의 '미완성 초상화'를 감상하게 된다. 그리고 그의 '리모델링'된 집에서 명란젓, 알찌개, 명태국, 동태국으로 입맛을 다시게 된다. 식후에 거실에 함께 앉아 '인절미'까지 먹으니 금상첨화이다. 기분이 좋으니 '구부정 다리'도, 눈썹에 서리가 내린 '백미'도 다 좋게 보인다.

그곳에서 우리 모두는 '깨어진 향수병'을 닦은 수건에서 아내 냄새를 맡아내는 애처가가 되니까. 그리고 구두에 자동차 키를 넣고 온 집안을 뒤지는 우리 아내들의 건망증도 사랑스러운 이야기꺼리가 되니까.

이민 40여 년 만에 고교 친구들과 함께 고국 수학여행에 나선 저자의 모습은 천상 들뜬 청년의 모습이다. 그와 함께 김포공항에서 시작하여 전주, 정읍, 해남, 보성, 담양, 곡성 등 호남의 남도를 둘러보고, 이어서 통영, 한산도, 거제도, 해운대, 김해로 가보자. 대한민국 관광에서 제주도를 뺄 수 있나. 거기서 잠시 멈추어 현금 일만 달러가 든 지갑을 되찾는 스릴이 어떠할지 생각해보자. 육지로 돌아와 경주를 돌아보고 동해안을 타고 북상하여 강릉 경포대와 오죽헌을 지나 설악산으로 숨차게 올라보자.

우리는 거기서 40년의 세월도 결코 묽게 하지 못하는 '물보다 진한 피'를 지닌 나이든 대한민국 고교생들을 만난다. 몇 년 전

거의 같은 코스를 가족 여행으로 다녀온 내게 우리나라 산천의 역사와 모습이 영상으로 나타난다.

내가 저자와 그의 아내를 처음 만난 것은 1996년 여름 미국 동부의 한 대학에서 개최된 한인 중동부 연합 야영회에서였다. 그리고 그 만남은 곧 바로 나성으로 이어졌다. 당시 나는 그 집회가 마치면 나성으로 가서 학술여행 차 미국으로 올 삼육대학교의 총학생회 대표 학생들 10여 명을 인솔할 계획이었다. 당시 내가 맡고 있던 대학의 보직 때문이었다. 그런데 그런 나의 일정을 들은 저자 부부가 기꺼이 나성에 머무는 동안 그 학생들 모두를 집에 데리고 오라는 것이었다. 이 무슨 엄청난 제안인가! 감당할 수 없는 일이었다. 그런데 그 일이 이루어졌다. 그것도 다음 해까지 연이어서. 정말 보통 일이 아니었다. 우리의 친교는 그 때부터 계속되었다. 물론 늘 내게 사랑의 빚이 쌓여가는 방식이다. 금년 여름에도 우리 부부는 정말 근사한 아침을 대접받았다.

저자는 진실한 생활인이다. 성실한 의사이다. 무엇보다도 신실한 기독신앙인이다. 그런 저자가 내게 친절한 인생 선배인 것이 감사하다. 한 치의 시간 여유도 없이 살아가는 저자가 이렇게 틈틈이 사유하며 적은 글들을 소담스럽게 모아 한 권의 책으로 엮으니 이 아니 반가운가. 책을 접하는 모든 분들께 기꺼이 일독을 권한다. 따뜻한 미소가 절로 입가에 번지리라 믿는다.

인생을 바라보는 눈

안 유 회

LA중앙일보 코디네이터

내가 고대석 선생님을 만난 것은 2년여 전의 일이다. 그때 나는 LA중앙일보의 오피니언 면을 맡고 있었다. 고정칼럼 코너인 '프로페셔널 라인'의 필진을 구성하면서 한인사회의 대표적인 전문가 집단인 의사와 변호사 필진을 찾는 과정에서 고 선생님을 만났다.

지금도 기억난다. 칼럼을 쓰시고 2년 뒤에 책으로 묶어내시라고 말했던 것이. 그때 고 선생님의 눈빛은 반신반의였다. 그리고 2년여 뒤 고 선생님은 정말로 책을 낸다며 글뭉치를 들고 오셨다. 2년 전 나는 고 선생님의 눈빛을 잘못 읽은 게 분명하다. 그만큼 책 출간 소식이 반가웠다.

황지우는 "어떻게 하면 시를 잘 쓰나요"라는 질문에 "시인처럼 생각하라"고 대답한 적이 있다. 시를 쓰기 때문에 시인이 아니라

시인이기 때문에 시를 쓴다는 것이 아닐까. 시를 쓰는 게 먼저가 아니고 시인이 되는 게 먼저다. 고 선생님의 첫번째 책 '미완성 초상화'는 작가처럼 생각한 시간의 축적일 것이다.

책은 3부로 나뉘어져 있다. 1부는 순수수필, 2부는 중앙일보에 실린 고정칼럼, 3부는 기행수필이다. 세 개의 장으로 나뉘어져 있지만 글 전체를 관통하는 것은 '나, 혹은 남, 혹은 세상 혹은 이들 3자의 관계' 읽기다. 치과에서 벌어지는 풍경들, 예컨대 치통과 틀니, 치석 같은 것들을 둘러싼 일들이 묘사되고 해석된다. 이런 칼럼은 개인적으로 매우 흥미로웠다. 무엇보다 분량은 짧지만 구성 요소는 꽤 많다. 의사와 환자가 등장하는데 둘은 대개 갈등 관계다. 여기에 일반인들의 오해나 편견이라는 또 하나의 갈등이 끼어들고 치과 안과 밖을 연결시키며 일반화시켜야 한다. 글을 풀어가기가 그리 녹록하지 않은 것이다.

1부에서는 집 리모델링과 나무 옮겨심기 같은 일상부터 북경의 북한 음식점에서 맛보았던 어릴 적 인절미 맛까지 이야기가 경험, 시각이 맛있게 풀려나온다.

표제글인 '미완성 초상화'는 첫 책을 낸 글쓴이의 마음이면서

인생을 바라보는 눈이기도 하다. 글쓴이는 집 벽에 걸어놓은 그림이 유명작가의 작품이라는데 뭐가 좋은지 잘 모르겠다는 겸손으로 시작해 루브르 박물관에서 본 '모나리자'의 황홀한 미소를 거쳐 몽마르트의 거리 화가에게 돈을 주고 그린 자신의 초상화 얘기를 한다. 그나마도 그리다 만 초상화니 서재 구석에 걸어놨는데 아, 그 되다만 얼굴의 입가에 "여리게 퍼지는 미소가 있다"는 것이다. 아니라고는 하지만 모나리자의 미소급(?)이라는 말 아닐까? 글쓴이는 "이제 미완성인 내 초상화를 조금 더 밝은 앞쪽 벽에 내다 걸어야 할까보다"고 고백한다. 미완성 초상화야 변함이 있었을까. 보는 이의 눈이 밝아졌을 뿐.

최인호가 그랬다던가. 작가가 되기로 결심한 고등학생 때 아파서 양호실에 누우면 아픈 것은 뒷전이고 눈을 천정에 옮겨 자신을 내려다보며 이 장면을 뭐라고 묘사할까 골똘히 생각했다고.

그러니 이 책은 글쓴이가 직접 그린 자화상쯤 될 터이다. 혹 이 책도 미완성 자화상이라고 생각하신다면, 다음엔 완결판을 내시리라 믿는다. 자신 있게 뚝 뚝 쓰시기를.

살며 생각하며 쓰며

어두운 길을 걸으면 넘어질 일이 잦아지고 무지한 채 행동하면 실수가 일상처럼 따를 수밖에는 없겠다. 뒤뜰에서 살고 있는 자몽 나무에는 알이 크고 맛이 좋은 자몽이 백여 알씩 열리곤 했었다. 여러 해 전 어느 따뜻한 이른 봄날 사방으로 뻗어 자라는 가지와 새 순을 보기에 흉하다고 잘라 주었었는데 지금은 그 나무 전체가 죽어 가고 있다. 물오르는 봄에 새순을 자르면 이 나무는 죽는다는 것을 몰랐던 것이다. 구석에 있어 잘려지지 않은 작은 곁가지에서만 꽃이 피고 열매가 열리는데 금년에도 대 여섯 알이 시들하게 익어 가고 있다. '나의 책'을 내는 일이 이런 무지한 일을 반복하는 것이 아닌지 염려되어 두려움이 앞선다.

살아남고도 시들한 몇 알의 자몽처럼, 볼품없어 부끄러운 몇 편의 졸작들을 묶어 보겠다고 생각하고 여기저기 흩어져 있는 글들을 정리하여 책으로 내놓으며 선배들에게는 너그러운 용납을,

독자들에게는 따뜻한 격려를 부탁해 본다, 그래도 이렇게 해야 앞으로 더 좋은 글을 쓸 수 있겠다는 생각으로 스스로를 격려하며 좋은 열매 맺기를 희망해 본다. 만만치 않은 이민 생활의 틈바구니에 끼어서 그때마다 떠오르는 생각들을 여과 없이 투박한 표현으로 적어 두었었다. 두어 해 전, 미주 모 신문에 나의 직업과 관련을 지은 수필 형식의 칼럼을 여러 달 동안 쓴 일이 있었다. 그때 일을 담당했던 안유회 선생께서 '이 글들을 모아 책으로 묶어도 좋겠다'고 제언해 준 것이 씨앗이 되었고, 늘 곁에서 밀어주는 박봉진 선생의 부추김이 큰 힘이 되어 결실하게 되었다.

문학과는 거리를 둔 의료 전문인의 삶을 살아가며 곁눈질로만 바라보던 문학인의 길을 나는 더듬거리며 손가락으로 짚어 보듯 하고 있다. 하루 일과를 일에 쫓기다 보면 세상을 아름답게만 보기가 쉽지 않고 오히려 대인 관계에서 오는 짜증스러움이 많이 있었음을 고백할 수밖에 없다. 등단 소감에서 세상과 자연을 아름답게 적어 보겠다고 서술했었지만 투정 부림이 더 많았던 것 같기도 하다. 그러다 컴퓨터의 자판을 움켜잡고 나면 자신의 부족함과 못된 점만 튀어 나와 글의 대부분이 자책하는 마음과 더 아름

다운 삶을 꾸려 보고 싶다는 바람으로 범벅이 된 듯하다.

어느 해 봄 고교 동창 친구들과 뜻이 맞아 한국으로 봄나들이 여행을 갔었다. 그 기간 동안, 많아진 나이를 생각지 않고 주책없이 설레는 가슴으로 젊었던 때의 날들로 착각할 만큼 감동이 있었다. 둘러 본 곳곳을 떠날 때마다 마음 가는 대로 적어 놓았더니 여행기처럼 모아져서 이번에 함께 올리기로 작정하였다. 이런 젊은 마음과 아름다운 추억을 동 시대를 살아 온 독자들과도 나누고 싶어서이다. 이런 나의 마음이 독자들에게 곡해 없이 순수하게 전해질 수 있기를 소원해 본다. 척박한 이민 생활의 까칠한 시간을 잠시 쉬면서 펼쳐 든 나의 책이 한 잔의 생수처럼 시원함을 줄 수 있다면 큰 보람이 되겠다.

글쓰기 첫 걸음을 시작할 때부터 포기하지 않고 아껴 주는 미주수필문학가협회 회원들에게 따뜻한 고마움을 드린다. 무턱대고 잘한다고만 하는 나의 평생 친구인 아내, 영희와 기쁨을 나누고 싶다.

2011년 10월

Tustin Ranch 寓居에서 고대석

차례

2. 치아는 마음의 문

3. 고국에서 봄비를 맞으며

1

나무를 옮겨 심으며

"

미완성이기는 하지만 모든 모양은 갖추어져 있으니
어찌 보면 나 같고, 달리 보면 아닌 것 같아
미완성임을 탓하게 된다. 그러나
놀라운 것은 입가에 여리게 퍼진 미소가 있다는 것이다.
마치 잔잔한 호수에 나무 그림자가 잠겨 있듯
내 입가와 얼굴 전체가 미소로 젖어 있는 것이다.
모나리자의 미소만큼은 못 되겠으나
꽤 그럴 듯한 미소를 짓고 있었다.
-본문 중에서

"

나무를 옮겨 심으며

한군데서 잘살고 있는 나무를 다른 곳으로 옮겨 심는다는 것은 그 나무의 생명을 위협하는 일이 될 수도 있다. 하물며 사람을 옮겨 살게 한다는 것이 어찌 그 생명 보존에 지대한 영향을 끼치지 않겠는가. 생명 동질이라는 의미에서 나무의 생명도 소중히 여김을 받아야 하겠거늘 나는 그 생명에 대해서 너무 소홀히 생각했던 것 같다.

적당한 계절이 아닌 줄 알면서도 특별사정이라는 핑계로 나무 몇 그루를 옮겨심기로 했다. 뒤뜰 동쪽 벽을 따라 꽃나무 십여 그루가 다른 나무들과 섞여 있는 것이 싫었다.

그래서 이번에 뒤뜰을 재정비하면서 서쪽 담벼락을 따라 한데 모아 심기로 하고 흩어져 있던 장미를 파내어 동쪽 벽 쪽으로 옮겨 장미 벽을 만들기로 했다. 담벼락과 철제 펜스를 따라 ㄷ자로

1피트 높이의 낮은 담벼락을 돌로 쌓아 올리고, 화단 넓이는 3피트로 해서 나무와 꽃들을 새로 심거나 옮겨심기로 했다. 남가주에 물 사정이 좋지 않으니 이번 기회에 오래된 잔디를 모두 파내고 뒤뜰 전체에는 돌을 깔기로 했다.

그러면 정원사도 필요가 없으니 지출을 줄일 수 있고 절수도 하게 되니 이중으로 절약이 될 것이라는 내 얄팍한 경제 이론에 의한 것이었다. 모든 공사가 완료되고 이제는 나무를 옮겨 심어야 할 차례가 되었다.

어느 일요일 아침을 D-day로 삼아 삽질을 시작하였다. 여름답지 않게 구름이 끼어 하루 종일 일하기는 적격일 것 같았다. 미리 사다 부어놓은 거름흙을 땅 흙과 섞어가며 돌을 골라내고 풀뿌리들을 걷어 올리고 높낮이를 맞추어가며 준비 작업을 끝내어 놓았다. 이제 남은 일은 열댓 그루의 나무를 파내는 일이었다. 나무 주위의 흙을 파내며 내려가서 뿌리의 흙을 다치지 않고 떠내려 애썼지만 오랜 세월 터 잡은 뿌리가 어디 그리 쉽게 빠져 나오겠는가! 어떤 굵은 뿌리는 높은 담장 밑으로 뻗어 있었고 잔뿌리들은 사방팔방으로 널려 생명 유지를 위해 열심히 살아 온 기존 세력의 터전답게 힘차게 땅과 결합되어 있었다.

이런 뿌리가 없었다면 어찌 푸른 잎과 꽃을 피울 수 있었겠는가! 장비라고는 삽 한 자루 들고 시작했는데 일이 만만치 않았다.

땀이 흐른다. 숨이 차 온다. 그래도 마누라 앞에서 큰소리치며
마치기로 약속하고 시작한 일이니 계속할 수밖에 없었다. 할 수
없이 굵은 뿌리는 적당한 선에서 삽으로 찍어내고 넓게 퍼진 잔뿌
리들은 힘을 모아 잡아당기니 뿌리와 엉켜 있던 모든 흙이 떨어져
나간다. 심어진 이후 처음으로 뿌리가 공기와 접촉하게 되고, 햇
볕도 쪼이게 되고, 지나가는 구름도 보게 되었다. 뿌리는 흙과
함께 나뭇가지 퍼진 넓이만큼 떠내야 한다는데, 잘려 나가고 남
은 뿌리가 앙상하게 뽑혀 나오곤 했으니 마음이 편치 않았지만
당장 힘이 겨우니 나중에야 어찌 되든 하나씩 뽑혀 나오는 나무의
숫자에 만족하며 깊은 숨을 몰아쉬곤 했다.

　서쪽 담벼락을 따라 준비된 곳에 구덩이를 파고 물을 가득 채
우고 뽑아 낸 나무를 들어다 구덩이에 넣었다. 구덩이가 좁으면
더 파면 될 일을 귀찮다고 뿌리를 구겨서 넣고 어떤 뿌리 끝은
밖으로 빠져 나올 만큼 위로 향하는데도 흙으로 덮고 발로 꼭꼭
밟아 주었다. 이렇게 열댓 그루를 옮겨 심고 나는 일을 마쳤다고
이마의 땀을 닦았다. 그리고 아내에게서 칭찬도 듣고 맛있는 점
심도 얻어먹을 수 있었다.

　그런데 삼 일 정도가 되니 나뭇잎이 누렇게 변하기 시작했다.
어떤 나무는 아예 잎이 바싹 말라서 부수러져 내렸다. 다음 날은
누런 나뭇잎이 땅으로 떨어져 내리기 시작했다. 열심히 아침저녁

으로 물을 주는데도 말이다. 아침 일찍 나가 나뭇잎을 만져 보며 "살아 나거라!" 하며 격려의 말을 남기고, 저녁에는 또 나뭇잎을 쓰다듬으며 "덥지 않았느냐?"고 물으며 물을 부어 준다. 몇 그루나 살아남을지 나는 알 수 없다. 옮겨 심는 일을 성심껏 하지 못한 듯하여 마음이 어정쩡하다. 그래도 얼마 동안 이 돌보는 일을 계속하리라 마음을 다져본다.

고향 땅에서 미국 땅으로 이민 와 뿌리 내려 살고 있는 우리가 마치 옮겨진 나무와 같다는 생각이 떠오를 때 나는 나무에 물을 주고 있었다. 요즘 태평양을 건너는 이들 중에는 굵은 뿌리와 잔뿌리 모두 흙 하나 떨구지 않고 보듬고 와서 새로운 땅에 어렵지 않게 심기는 이들도 있나 보다. 오래 전 내가 옮겨 올 때만 해도 짧게 잘린 뿌리에 흙 한 덩이 붙어 있지 못한 나무 같은 형편으로 물줄기를 찾아 허덕이던 일이 아련하기만 하다.

그때 가끔씩 메마른 내 웅덩이에 물을 부어 주던 이들은 지금은 은퇴한 노인이 되었고 나 자신도 곧 은퇴할 수밖에 없는 처지가 되었다. 나는 이제 나뭇잎도 파랗게 돋아내고 꽃도 피워 낼 수 있게 뿌리를 내렸지만 주위에는 아직도 뿌리가 짧거나 흙이 털려 없거나 물 공급이 되지 않아 잎이 누렇게 변해가는 처지의 이들이 얼마든지 있다. 그들을 격려해 주고 한 통의 물이라도 부어주진 못할지라도 마음을 쓰리게 하고 약점을 이용하여 이익을

꾀하거나 권위를 행사하는 일은 하지 말아야 하지 않겠는가. 나에게 격려의 물 한 그릇을 부어주던 그분들의 은혜를 다 갚을 수는 없을 것이니 힘겹게 뿌리 내리려 애쓰는 다른 이들에게 그 받은 물그릇을 마음과 함께 넘겨주고 싶은 마음이다.

나무도 옮겨진 새 땅에서 살아남기가 저리도 어렵거든 하물며 '천국 같은 새 땅'이라 믿고 태평양 건너 이 사막 땅에 온 동족들이 견디고 살아남기가 얼마나 힘겨운 일이겠는가.

성서에는 새 땅이 매우 좋은 곳이라 했다. 세상의 것들이 다 지나가고 눈물도 아픔도 없는 곳이라 했다. 죽음이라는 것조차도 없다고 했다. 어떤 곳일까. 거기는 이민자의 아픔이 없는 곳일까. 짓누름도, 짓밟힘도 없는 곳일까. 이곳, 새 땅으로 이민 오면서 품었던 그 '새 땅'의 꿈이 그 곳에서는 실현되는 그런 곳일까. 뿌리가 다 잘려 흡수력이 없는데도 그 '새 땅'에서는 푸른 잎과 꽃을 피워 낼 수 있는 그런 곳일까. 정말로 그런 곳이라면 내 동족들이 많이 가면 좋겠다. 특히 뿌리가 잘려진 내 동족들이 많이 갈 수 있으면 좋겠다.

흙 한 줌도 뿌리 그루터기에 달지 못하고 새 땅이라 불리는 이 미국 땅에 옮겨 와서 애쓰고 있는 내 동족들이 그 '새 땅'에는 아주 많이 갈 수 있으면 좋겠다.

나무에 물을 주며 생각에 몰두했는지 물이 넘쳐흐른다. 나무

한 그루 제대로 보살피지 못하는 주제에 인간에게까지 비약시키는 상념에 빠져 있었나보다. 그렇더라도 나무나 인간이나 생명은 귀중한 것이니 생명을 소생시키는 물줄기를 끊지 말아야 하겠다. 우리 모두가 그 '새 땅'에서 잎을 내고 꽃을 피울 때까지 말이다.

(2007. 8.)

명함

땅바닥에 뒹굴고 있는 나뭇잎을 주워도 그것이 어느 곳, 어느 수종(樹種)에서 왔는지 알 수 있고 수성(樹性)까지 느껴질 수 있다. 명함도 그런 요소를 내포하고 있으련만, 현관문이나 자동차 유리창 그리고 메일 박스를 메우고 있는 봉투 안에도 나타나곤 하는 써볼 데 없는 명함들에 식상해서 그럴까, 나는 내 명함을 지니고 다니지 않았다. 그랬는데 그 생각을 이젠 바꿔보아야 할 것 같다.

요즘 명함들을 보면 단색은 별로 없고 거의 컬러에 디자인도 다양하다. 처음 만나는 사람들끼리는 누구나 그런 명함 한 장씩은 안주머니에서 쉽게 꺼내어 자기를 소개한다. 그러나 내 경우는 명함을 치과병원 접수실 상판 위에 놓아두고 있을 뿐이다. 아마도 사람들과 만나서 나 자신을 소개할 일이 별로 없기 때문일 게다.

  며칠 전 나는 지갑을 정리하다가 지갑 안쪽에 소중한 듯 들어 있는 명함 한 장을 발견했다. 흰 바탕에 검은 글자가 박힌 수수한 명함이었다. 직함도 없고 겨우 눈에 들어올 정도 크기의 이름과 그보다 약간 작은 전화번호와 주소가 인쇄되어 있었다. 나는 그것에 눈을 맞추었다. '크리스틴 리'라는 이름. 그리고 주소는 체코의 프라하였다. 아참, 그랬지. 나는 그 명함을 왼쪽 손바닥에 올려놓고 손가락으로 두드려 보다가 창밖 먼 하늘로 시선을 던졌다. 지난해 유럽 여행 중에 있었던 일들이 까마득한 연줄 끝에서 기억 속의 얼레로 감겨온다.

  아름다운 도시 체코의 프라하를 둘러본 후, 절경의 알프스 산맥을 넘어 수상도시 베네치아에서 낭만적인 곤돌라에 몸을 싣고 운하 골목을 유유히 떠다니기까지는 그저 꿈속의 환상이었으리라. 문제는 로마로 가는 도중 르네상스의 발상지인 고도 피렌체에 들렀을 때 일어났다. 그곳 유적들을 도보로 관광하는 동안 우리가 타고 온 전용버스는 다른 장소로 이동해서 기다리기로 되어 있었다. 어디가 어딘지 알 수 없는 우리 일행은 새끼줄에 엮인 굴비처럼 그저 가이드 뒤만 졸졸 따라 다녔다. 발을 옮기기 어려울 만큼 많은 사람들 틈새를 비집으며 다음 관광지를 향해 나아가고 있었다.

그런데 나는 여행지마다 기념 배지 하나씩을 모으고 있었는데 좀체 그것을 살 기회가 주어지지 않았다. 코스가 거의 끝나가고 있을지 모른다는 생각이 맥박을 급히 뛰게 했다. 그때였다. 힐끗 쳐다 본 포장마차같이 생긴 상점에 형형색색의 배지들이 진열되어 있지 않은가.

기회를 놓쳐서는 안 될 것 같았다. 희귀한 대리석 건물의 외벽처럼 푸른 바탕에 피렌체란 글자가 색인되어 있는 배지 하나를 골랐다. 잠시 머물렀을 뿐인데 일행이 보이지 않았다. 아내와 나는 급한 마음에 이쪽저쪽을 불쑥거렸다. 피렌체의 오후 햇살은 따갑게 내리쬐며 길 잃은 나그네를 희롱했다. 우리에겐 아무런 비상 연락 문건이나 긴급 대처 방안이 주어지지 않았다. 이 골목 저 골목을 헤매며 천금같이 귀한 몇 시간을 허비해 버렸다. 말로만 들은 군중 속의 고독을 목구멍까지 가득 채우며 숨이 막혀 헉헉거렸다.

무엇에 홀렸을까. 호랑이 굴에 들어갔어도 정신만 똑바로 차리면 살길이 있다 했으니, 어떤 대책이라도 세워야 했다. 낯선 사람들의 왁자지껄 떠드는 소리와 바삐 걷는 발걸음들도 약간 뜸해진 늦은 오후가 되었다. 나는 용기를 내어 아내와 함께 다음 기착지인 로마로 가기 위해 기차를 타기로 했다. 기차역으로 가는 택시 안에서였다. 무심결에 아내가 주머니에서 명함 한 장을 찾아냈다. 체코의 프라하에서 우리 일행을 안내했던 가이드 양의 명함이었다. 크리스털 제품의 세계적 명산지인 프라하의 어느 상점에서 미국에 돌아가면 그 제품 구입 관계로 연락하기 위해 받아둔 명함이었다.

기차를 타기까지는 영어를 모른다는 이태리 사람들과의 의사소통 때문에 무척 애가 탔지만 맞은편 좌석에 운 좋게 미국인 청년이 앉아 있었다. 말이 통하니 살 것 같았다. 내 사정 이야기를 들은 청년은 자기의 휴대폰을 빌려 주었다. 명함에 적힌 대로 나는 번호를 눌렀다. 반가운 목소리가 나왔다. 그녀는 우리 일행들과 관계되는 전화번호들을 죄다 알려 주었다. 먼저 나는 우리 일행의 전용버스에 전화하여 우리의 현 위치와 행선지를 알렸다. 비로소 일각이 여삼추 같던 초조함을 몰아낼 수 있었다. 살만했다. 바깥 풍경에 눈을 옮기며 미국인 청년과도 편안하게 이야기를 나눌 수 있었다.

시간이 한참 지났다. 한 동양인 청년이 내 앞에 다가와 정중하게 말을 건넸다. "저, 닥터 고이십니까?" 엉겁결에 나는 "네, 그렇습니다." 라고 대답했지만 너무 놀란 나머지 그를 바라만 보았다. 지금 나는 이태리에서 길 잃은 나그네, 더구나 이곳은 로마행 기차 안이 아니던가. 나를 알아 볼 사람은 아무도 없을 텐데, 그러나 그 의문은 곧 풀렸다. 이태리에 있는 한국인 관광 관계자들끼리 '닥터 고 내외를 찾아라.' 는 밀령이 내려져 있었단다. 마침 그 청년은 베네치아에서 일을 마치고 로마로 돌아오는 길이었다고 했다. '그 기차에 닥터 고 내외가 타고 있을 것이니 찾으라.' 는 연락을 받았단다. 그의 친절한 안내로 우리는 어둔 밤 로마역을 빠져 나와 일행과 만나게 될 장소까지 무사히 도착할 수 있었다. 일행을 기다리면서 그곳에서 아내는 노란 색 봄 코트 한 벌을 구입하여 숨 막히던 경험을 기념하였다.

한편 우리 일행이 타고 온 전용버스는 피렌체에서 세 시간여를 지체했고 우리 내외의 무사함을 알고 로마로 향해 오다가 휴게소에 잠시 들렀단다. 거기서 한국인 관광객 한 사람이 사색이 되어 서성이고 있었는데, 사정인즉 화장실에 다녀왔더니 자기만 남겨 놓고 타고 온 버스가 떠났단다. 우리 내외를 잃어 버렸던 전용버스는 대신 그 사람을 태우고 로마에 와서 그의 일행을 찾아 주었다고 했다.

우리 내외가 다시 일행을 만났을 때 그들은 우리를 얼싸 안고 기뻐하면서 다른 사람 같으면 어림없는 일을 해내고 무사히 돌아왔다고 무슨 영웅이나 된 것처럼 맞아 주었다. 미안했던 마음이 차츰 녹았다. 우리 일행은 하나같이 "닥터 고가 길을 잃었던 것이 아니라 하나님께서 그 딱한 한국인 관광객을 도와주시려고 닥터 고를 사용하셨던 같다." 고 말을 했다.

손바닥에 놓인 명함을 손가락 사이로 옮겨 끼우며 나는 그 가이드 양이 높이 들고 흔들어 대던 안내용 마스코트를 떠올렸다. 먼 체코 프라하에 유학 와서 가이드 아르바이트를 한다던 미스 리, 예쁜 마스코트를 치켜들어 보이게 하고 우리를 따르게 하던 그녀의 미소가 파문으로 번진다. 나는 흐르는 구름 위로 눈길을 띄우며 그 명함은 오래도록 간직해야겠다고 마음을 다졌다.

이제 나도 명함 나누는 것에 인색하지 말아야겠다. 누가 알랴. 어려움에 처한 사람에게 내 명함이 도움이 될는지. 아닐 거야. 내가 겪은 난감했던 일을 생각하면 명함의 사명이 그 정도에 맴돌아서는 안 될 것 같다. 컬러와 디자인은 별로일망정 나도 한 장의 명함으로 살아야 하리라. 나를 소개하며 내게 도움되기보다 다른 사람들이 유용하게 이용할 수 있는 명함이 되어야지.

오월, 체코의 프라하를 여행했던 그때가 되면 나는 그 명함에 적힌 대로 가이드 양, 미스 리에게 전화하리라. 신록처럼 싱그럽고 명랑하고 상냥했던 그녀. 아직도 그곳에 그대로 있어서 내 전화를 받아 주면 좋으련만….

(2003. 9.)

미완성 초상화

얼마 전, 생일을 축하한다며 누이동생네가 그림 한 점을 선물로 가져왔다. 그림에 대해서는 문외한이면서도 고마워서 한쪽 벽에 걸어 놓고 보고 있다.

'Norwegian Star'라는 그림인데 나로서는 그림 속에 내재해 있는 작가의 사상과 그 아름다움의 세계에 참여할 미술적 조예가 없다. 붉은색 드레스에 자색 망토를 두르고 푸른색 모자를 쓰고 앉아 있는 그녀의 감은 눈두덩은 푸르딩딩하고 입술은 작고 도톰한데 빨갛게 칠해져 콧날이 없는 듯한 얼굴. 잘 그린 유명한 그림이라니 균형 잡힌 얼굴과 몸매에 초점을 두지는 않은 것 같다. 색깔은 진한 원색을 사용했으니 나의 취향과는 너무 거리가 있다. 거기다 미소까지 없으니, 영혼의 비밀을 훔쳐볼 수는 더욱 없을 듯하다. 아마도 작가가 표현하기 원하는 것은 어떤 다른 무엇이 있는가보다. 색깔의 조화와 앉아 있는 여인을 그려낸 그 의미를 읽을 수 있어야겠는데, 답답하기 그지없다.

사람이 많이 오가는 곳에 서서 지나가는 사람들을 보고 있노라면 절로 웃음이 나온다. 온갖 다른 인종에 균형이 잡힌 사람보나는 그림의 여인처럼 울퉁불퉁한 불균형의 사람들이 더 많은 것 같아서이다. 그러나 각자 다르기는 하지만 그 사람들의 내면에는 아름다운 마음의 그림들을 가지고 있을 것이다. 자신의 마음의 텃밭에 사랑의 꽃을 심고 행복을 가꾸어가며 살 것이다. 다만 내가 이 그림 속에 내재한 의미를 모르듯이 그 사람들이 가지고 있는 속내의 아름다움을 볼 줄 아는 능력이 없을 뿐이다. 그래서 얼굴에 피어나는 미소를 보고 그들의 속내를 가늠해 보려 하는가보다.

파리 루브르박물관에 처음 갔을 때 '모나리자' 그림만은 꼭 봐야겠다 싶어 이태리 미술품들이 진열된 전시실을 찾아갔다. 얼마나 많은 사람들이 모여 섰는지, 그림 앞으로 다가가는 것조차 쉽지 않았다. 조금 떨어진 자리에서 모나리자를 바라보며 옛적 고향 산기슭에 자지러지게 피어나던 진달래를 떠올렸음은 무슨 까닭일까. 입가 양쪽을 살짝 끌어올리며 머금은 미소가 얼굴에 가득하고 또 나에게도 그 미소의 황홀함이 전달되어 옴은 어찌된 일인가.

레오나르도 다빈치는 이 그림에서 모양을 그리는 선을 중요시하기보다는 영혼을 그려 넣으려 했다니 나 같은 문외한은 관객들이 터뜨리는 탄성 속으로 숨어들 수밖에 없었다. 행복한 미소인지 슬픔을 감추려는 미소인지조차 가릴 수도 없으면서 나는 오늘 당신의 미소를 보았다는 행복감만으로 못 박힌 듯 서 있었다. 그리고 생각했다. 개인의 욕심을 채우기 위해 이 그림을 도둑질했던 사람은 온 인류에게 스미는 이 미소의 파문을 가로막을 뻔했구나. 그러나 그 사건으로 인해 모나리자의 미소는 더욱 높은 물결이 되어 밀려왔을 뿐이다.

상대방의 순수한 마음의 미소를 자신의 왜곡된 판단에 따라 질시의 비웃음이라 억지를 부린다면 이는 미소를 사랑하는 이들에게 죄를 짓는 일이다. 자신의 이익을 구하려고 상대방의 이익과 명예와 행복을 방해하는 일도 동일한 범죄적 처신이 될 것이다. 그리고 자신만을 위한 이익 추구는 물거품이 될 것이다. 서로 미소를 주고받으며 이런 범죄들을 만들지 않는 세상에서 살고 싶다.

서재의 한쪽 벽 끝, 눈길이 잘 가지 않는 구석에 나를 그린 초상화 한 점이 미완성인 채 걸려 있다. 시간을 쪼개어 파리의 몽마르트 언덕에 있는 화가들의 광장을 보기 위해 옆에 있는 사원을 보는 것도 마다하고 숨차게 뛰어 그곳에 갔었다. 사랑과 낭만이 술

렁일 것만 같아 조금 흥분되기도 했다. 초상화를 하나 그려 가라고 옷깃을 잡는 화가들 때문에 실망스러웠지만 결국 한 화가 앞에 앉았다. 정한 시간 내에 다 마칠 수 있다기에 얼굴을 한 번 문지르고 작업을 시작했는데 사정이 여의치 않아 그리던 그림을 들고 돌아오게 되었다. 사진을 볼 때와는 달리 내가 이렇게 생겼나 하는 생각에 자주 들여다보게 된다.

미완성이기는 하지만 모든 모양은 갖추어져 있으니 어찌 보면 나 같고, 달리 보면 아닌 것 같아 미완성임을 탓하게 된다. 그러나 놀라운 것은 입가에 여리게 퍼진 미소가 있다는 것이다. 마치 잔잔한 호수에 나무 그림자가 잠겨 있듯 내 입가와 얼굴 전체가 미소로 젖어 있는 것이다. 모나리자의 미소만큼은 못 되겠으나 꽤 그럴 듯한 미소를 짓고 있었다. 여행 중에 내가 원하던 곳에 오게 된 기쁨 때문이었을까. 처음 만나는 사람을 마주하고 앉아 있는 쑥스러움 때문이었을까. 이유야 어찌 되었든 그 화가에게 미소를 전해 주었으니 지금 생각해도 기쁘다.

웃음은 꽃과 같아서 마음을 기쁘게 한다고 한다. 화려하게 펼쳐진 꽃 들판을 바라보며 탄성을 지르는 그 마음은 무슨 마음일까, 미소하는 마음이지. 꽃을 짓밟고 싶은 사람도 있을까, 없겠지. 그 꽃 들판에 오물을 버리고 싶은 사람도 있을까, 없고말고. 아름다움에 감탄하고 더 아름답게 되도록 물 주고 거름 주면 어떨까, 좋지. 마음속에 미소를 띠고 살면 얼굴에도 미소가 피어나리라. 미움, 질투, 경쟁, 이기심과 파괴의 마음은 누구에게나 있겠지만 서로 양보하고 향기로운 꽃밭을 펼쳐 내듯 미소를 보내면 어떨까, 좋고말고.

이순의 나이를 넘기고도 아직 미완성인 자신을 안타까워하며 초상화를 들여다본다. 초상화가 미완성이듯 나의 인격과 인생도 그리다 만 그림 같아서 절망스럽지만 미소를 지으며 이웃에게 용서와 자비를 구해보고 싶은 마음이다. 모나리자의 미소는 온 인류의 고뇌를 담당하는 부처님의 미소를 닮은 듯하니 뭇 중생에게 자비의 미소를 나누어 줄 수도 있을 것이다.

'Norwegian Star'의 여인처럼 미소 없이 살아온 과거는 지워 버리고 모나리자의 미소를 띠며 이생의 슬픔 건너편에 영원한 행복이 있음을 이야기하며 살고 싶다. 이민생활 서른 몇 해 동안 미소 없는 마른 막대기처럼 메마름이 있었다면 이제라도 빨리 미소 짓기를 시작해 보아야겠다. 아름다움을 보는 법을 배우고 또 아름답다고 상대방에게 말해 주며 살도록 애써 보아야겠다. 그러노라면 미소가 산울림이 되어 돌아오겠지. 어떤 일을 당하더라도 미소로 바라보도록 애쓰며 미완성 초상화 속의 내가 끊임없이 미소 짓고 있듯 앞으로의 여생은 그렇게 살아 보고 싶다.

미완성인 내 초상화를 조금 더 밝은 앞쪽 벽에 내다 걸어야 할

까보다. 생김새는 보잘것없으나 매일 그 잔잔한 미소를 바라보노라면 조금이라도 더 닮아가지 않을까 해서이다.

(2005. 9.)

명란젓 먹고 나서

"알찌개로 주세요." 또 그 알찌개를 주문한다. 어찌 매번 그것만 먹느냐고 핀잔을 받아도 그것만 먹겠다는 아내의 속은 아직도 알 수 없다. 뜨거운 찌개 속에 허옇게 색 바랜 명태 알 덩어리를 숟가락을 칼처럼 놀려 까먹으며 얼굴이 함박꽃이다. 어이구…, 짭짤하게 맛든 명란젓이라면 모를까…. 같은 명태 알인데도 아내는 알찌개가 좋고 나는 명란젓이 더 좋으니 이를 어쩌랴!

원래 명태는 버릴 게 없는 생선이라 하지 않던가. 자신의 몸을 온통 풀어내어 여러 형태의 맛있는 음식이 되게 하고, 이름도 여러 가지로 달리 불리지 않던가. 물에서 갓 올라오면 생태, 그것을 냉동하면 동태가 되어 맛있는 생태찌개나 동태찌개가 되어 상에 오른다. 통풍이 잘 되게 말리면 북어가 되어 아침 해장에 좋은 북어국이 되어 나오고, 반쯤만 말리면 코다리가 되어 북어조림으로 뷔페식당 메뉴에 오른다. 같은 북어라도 높은 산 대관령 음지에서 동해로부터 오는 겨울바람을 맞으며 말리면 황태가 된다. 이것을 얼큰한 고추장을 발라 석쇠에 올려 숯불에 구우면 천하일미 황태구이가 된다. 살점을 모두 저며내면 남는 것은 속 내장뿐인데 그중에서도 생명의 씨앗인 알은 들어내어 아내가 좋아하는 알찌개도 되고 짭짤하게 간을 들이면 내가 좋아하는 명란젓도 된다. 이제 남은 것은 그 창자뿐인데, 이것도 깨끗이 씻어내어 젓을 담그니 창난젓이 되어 저녁상 준비하는 아낙네들을 기쁘게 한다. 이러니 정말 명태는 '버릴 게 없는 생선'이다.

세상 어느 누가 소유한 모든 것과 하나뿐인 자신의 생명과 자손 번식의 근원을 다 내어주고 물질적 생명보다 더 중하다 할 수 있는, '배알이 꼴리고 창자가 뒤틀린다'는 투덜거림의 근본적 이유가 되는 자존심 가득 들어 있는 창자까지 훑어 내어줄 수 있단 말인가.

얼마 전 아내가 서울 나들이에서 돌아와 꾸러미를 풀어 자그마한 명란젓과 창난젓 한 갑씩을 내어놓으며 당신만 먹어야 하는 것이라 했다. 창난젓은 비릿해서 안 좋아하니 밀어내어 놓고, 붉은 색을 띠고 탱탱해 보이는 명란젓은 그 자리에서 풀어 얇은 껍질을 잘라 크게 토막 내어 혀 위에 올려놓으니 짭짤하게 감치는 그 유일한 맛이 온몸으로 스며드는 듯하였다.

아내는 이번에 고향에 내려갔다가 어릴 적 옆집에 살던 친구를 뜻밖에 만났는데, 헤어질 때 갑작스레 준비한 듯 꾸러미를 건네며 꼭 남편에게만 주라고 했단다. 한 번도 만난 적이 없는 친구의 남편에게 먹이려는 그 여인의 마음을 헤아릴 수가 없다.

아내는 어릴 적 그 친구의 집과 흙담을 사이에 두고 옆집에 살았단다. 가난했던 그 시절, 그 집은 '물 펌프'가 있었고 아내의 집에는 그것이 없었다. 물동이에 물을 받아 오려면 흙담을 돌아나가 물터에까지 다녀와야 하는데, 가깝지 않은 거리여서 번거롭기 짝이 없었다. 그 사정을 눈치 챈 옆집에서는 어느 날 흙 담을 헐어내고 길을 터주어 내 것처럼 부담 없이 펌프를 쓰도록 배려해 주었다. 아직 어린아이였던 아내는 가끔 동태 마리를 들고 건너가는 심부름을 맡아서 하며 '이웃 정'을 서로 나누었다.

오랜 세월 이민생활을 했음에도 이웃에 사는 서양인과는 인사 한 번 나누기가 쉽지 않으니 고향의 따스한 '이웃 정'이 흙담을 끼고 돌아오는 듯 그리워진다. 헤어진 지 오래되고 느슨한 턱 밑으로 주름 골이 잡히기 시작한 나이인데도, 미국 가서 잘 나간다고 풍문에 들리던 친구의 남편의 입맛을 돋워 주려는 그 여인의 마음은, 흙담을 허물어 내던 '이웃 정'그득한 물 펌프 집 때처럼, 지금도 시원하게 이웃 정을 뿜어내는가 보다.

　성서에는 "남에게 대접을 받고자 하는 대로 너희도 남을 대접하라"하였는데 내가 먼저 흙담을 헐어내고 명태처럼 온 몸을 풀어내어 남을 대접할 수는 없을까. 어른들에게는 시원한 북어국이 되어 드리고, 아내에게는 알찌개가 되어 주고, 빵만 먹는 자식들에게는 코다리 북어찜이 되고, 친구와 이웃들에게는 나누어 먹을 수 있는 생태찌개가 되고 싶다. 그리고 가진 것 중 가장 귀한 명태알 같은 생명은 내 영혼을 맡으신 주인에게 명란젓으로 드리고 싶다. 그리고 인생길을 가는 동안은 온갖 인생의 고뇌를 가득 담은, 버려야 될 듯한, 창자를 끄집어내어 말끔히 씻어 내고 창난젓이 되어 내 몸처럼 사랑하라는 이웃들을 위해 주고 싶은 마음이다.

　그런데 어쩐 일인지 창자가 떨어져 나오지 아니한다. 꼿꼿하고 단단하게 붙어 있어 떼어 낼 수가 없다. 짧지 않은 세월을 살았는데도 아직도 소화시키지 못하는 애끓는 인생의 절절함과 고뇌가 가득 차 있어서 자를 수가 없다. 외로움으로 멍들고, 칼날 같은 비난에 찢기우고, 꺾이지 않는 자존심으로 궤양이 되고, 불꽃같은 교만심에 스스로는 재가 되며, 생존경쟁의 스트레스로 인해 돌처럼 굳어져가니 이제는 창자라 할 것도 없을 듯하다. 떼어내더라도 이런 것으로 어떻게 야들야들하고 맛좋은 창난젓을 만들어 낼 수가 있겠는가.

느닷없이 꼿꼿이 일어나는 창자를 움켜잡으며 고민해 본다. 허물어 내린 흙담을 떠올려 보기도 한다. 담을 헐어내고 물을 나누어 주려다가도 네가 먼저 담을 헐어내야 한다고 욱질러 오면 또 창자가 뒤틀려 옴을 의식하게 된다. 자신들의 창자는 꼭꼭 잠가 두고 네 창자만 비우고 꺼내어 젓 담가야 한다 하니 속이 더욱 끓는다. 그래도 이웃을 내 몸같이 사랑하라 하였으니, 창난젓 갑을 내려다보다 푸른 하늘을 올려다보다 하며 깊은 시름에 빠져든다.

생선들에게 명태는 부처님이나 예수님 같은 존재이던가. 아무런 이유와 조건 없이 생명 같은 알과 속 끓음의 본체인 창자까지 다 훑어내어 음식으로 희생되었다는 말인가. 누구도 가리지 않고 아무런 보상의 약속도 바라지 않고, 단지 받는 이가 기뻐하는 것에 만족하며 내어 주었단 말인가. 어느 정치인이, 어느 종교 지도자가, 어느 사회 저명인사가 명태가 하는 것처럼 민족과 이웃을 위해 자신의 창자를 비워내고 창난젓까지 만들어 내었다던가. 명란젓은 되어도 창난젓은 되지 못할 것 같은 절망감이 나를 깊은 바다 속으로 빠져들게 한다. 인간 스스로는 정말로 그렇게 할 수 없도록 만들어졌다는 말인가. 정녕코 인간을 초월하는 신의 섭리가 아니고는 맛난 창난젓을 만들어 낼 수 없다는 말이던가.

여러 날이 지난 오늘, 다 먹어 치워 텅 빈 명란젓 갑과 아직도

가득 차 있는 창난젓 갑을 번갈아 내려다본다. 답답하다. 뱃속이
또 꿈틀거린다. 창자가 또 성질을 부리는가 보다. 창난젓은 냉장
고 깊이 넣어 두었다가 이 답답함이 풀어진 뒤에나 꺼내어 친구에
게 주어야 할까 보다. 명란젓을 먹고 나서 마음만 부질없이 번거
로워졌다.

(2006. 8.)

리모델링

　　　　　살고 있는 집을 리모델링한다는 것은
쉬운 일이 아닐 뿐더러 꼭 필요에 의한 것이 아닐 때도 있다. 투자
심리가 이유일 때도 있겠으나 심경 변화에 따른 기분 전환과 주변
정리를 심중에 두는 경우도 있을 것이다. 이런 경우 외형의 변화
는 내적 감정 조절을 시도하려는 또 다른 심리적 욕망의 대체물이
라 하는 것이 오히려 옳을 것이다. 그래서인지 가을의 입구에서
리모델링하는 마음은 썰렁하기만 하다.

아내는 키친 리모델링(Kitchen Remodeling)을 거의 다 마쳐 가
고 있다. 그 일에 정성을 쏟는 마음은 극진하였다. 폭풍우를 만나
타고 있는 배의 전진 방향을 바꾸어 보려고 키를 잔뜩 움켜잡은
초보 선장처럼, 허전해진 마음의 방향을 바꾸어 보려고 안간힘을
쓰는 그녀가 애처롭기까지 하였다.

막내딸까지 집에서 떠나보내며 안절부절못했다. 방들이 다 비어 있는 것을 알면서도 이른 아침이면 각 방을 찾아 문을 열고 들어가 빈 방을 오랫동안 정신 놓은 채 바라보곤 했다. 그러다가는 어깨를 축 늘어뜨리고 돌아서며 "여보 우리만 남았어요." 했다. "내가 아직 있지 않소" 해도 그녀의 마음은 그대로이다.

이제껏 만사에 아이들에게 더 초점을 맞추고 그들의 의견을 우선으로 하는 삶을 살아 온 그녀이다. '키친을 시작으로 집 전체 리모델링이라도 해서 마음을 달래 보라'권하며 '묻지 말고, 당신 마음에 드는 대로 원하는 모양으로 바꾸어 보라'고 했다.

두 달여를 자료 분석과 현지답사와 공사 담당자 선정에 시간과 정성을 들였다. 색깔과 모양과 조화를 들먹이며 어느 것이 더 좋으냐고 귀찮을 정도로 물어왔다.

옅은 커피색으로 차려 입은 새로운 모양의 캐비닛(Cabinet)을 넣고, 남태평양 바다 물색을 닮은 씨폼그린 그래닛(Sea Foam Green Granite)을 탑으로 하여 서랍들이 병졸들처럼 줄을 섰다. 모든 어플라이언스(appliances)들을 스텐리스로 제조된 것으로 대체해 넣었다. 새 싱크가 자리 잡고 그 앞의 큰 창문도 창살이 없게 유리를 넣어 창 밖 소나무 숲이 집안처럼 말갛게 보이게 했다. 힘을 써야 열리던 슬라이딩 도어(Sliding door)도 새 프렌치 도어(French Door)로 바꾸어 부드럽게 여닫을 수 있게 했다. 유리

문 캐비닛에는 작은 전기 등을 넣고 유리 거울로 각 면을 덮어 싸게 하여 아주 깊고 투명해 보이게 했다. 점화식을 하는 저녁, 아내와 나는 "와!"하며 탄성을 터뜨렸다. 식당이 완전히 다른 분위기가 되었다. 잠시였지만 아내는 허전함을 잊고 기뻐했다.

둘이 앉아 붉은 색 와인(Red Wine)이라도 한 잔 하면 좋을 듯하다. 이제는 가스레인지에 불이 붙지 않아 성냥을 그어 대지 않아도 된다. 싱크대 밑으로 물이 떨어지지도 않는다. 식기세척기도 없는 듯 소음 없이 조용히 돌아간다. 손톱을 부러뜨리며 오븐 속을 닦지 않아도 된다. 모든 것이 흡족하다.

이제는 맛 나는 요리만 만들어 내면 되겠다. 그런데 허전하고 쓸쓸하다. 맛있는 음식도 이제는 많이 만들 필요가 없어졌다. 없으면 없는 대로 냉장고 속에 있는 먹다 남은 것을 먹어도 되고, 그릇들도 상자에 담아 치워 두고 몇 개만 내어 놓고 쓰면 되겠다. 어지럽힐 일도 없으니 청소를 자주 하지 않아도 그만이다. 그리고는 적막이다. 조용하다. 가스레인지에 불 켜는 소리가 유난히 크게 들린다.

창 밖 나뭇가지 사이로 바람이 지나가는지 잎이 흔들리는 그림자가 창가에 어른거린다. 미국 산 로빈(Robin) 두 마리가 날아와 앉더니 다정하게 서로 쳐다보며 고개를 까닥거리다가 어디론가 날아가 버린다. 이럴 때면 고향 떠난 이민자의 마음은 더욱 썰렁하게 한기를 느낀다.

어릴 적엔 가끔 시골 외갓집에 가곤 했다. 대청마루 천정에 혈관처럼 지나가는 통나무 서까래가 보이는 초가집이었다. 그 한 구석에 제비 집이 있었다. 유럽에 산재한 중세에 건축한 대리석 성당처럼 든든해 보이는 제비 집이었다. 봄철에 돌아온 제비는 그 집을 보금자리로 하여 새끼를 낳고 여름 내내 정성을 들여 키워 낸다. 샛노란 주둥이를 찢어져라 벌려대며 소리치고 졸라대는 새끼들에게 어미는 쉴 새 없이 드나들며 먹이를 물어 나른다. 어느 놈이라 차별하지 않고 골고루 먹인다. 새끼들에게 위험이 다가온다고 느끼면 쏜살같이 날아들어 새끼들을 껴안는다. 비 오는 날이면 앞 뜰 빨랫줄에 앉아 피곤한 몸을 쉬지만 번뜩이는 눈은 쉬지 않고 새끼들을 지켜본다. 아련한 옛 기억이 오늘은 왜 이렇게 가슴이 저리게 파고드는 걸까. 쫙쫙 벌려대던 새끼들의 샛노란 주둥이가 유난히 아롱거린다. 날아오를 것 같지 않던 그놈들도 가을이 오니 남쪽 나라 살기 좋은 곳으로 다 날아가 버리지 않던가.

아지랑이 가물가물 피어오르는 봄날이면 우리 조무래기 동무들은 강변 풀숲으로 달려가곤 했다. 아지랑이 피는 날이면 유난히 종달새의 노래 소리가 교회의 종소리만큼이나 아름다웠다. 우리는 높이 떠 있는 종달새의 바로 아래쪽 풀숲으로 기어들곤 했다. 종달새가 알아차리고 자지러지게 소리 지르며 곤두박질쳐 내려오면, 틀림없었다. 그 숲에는 종달새의 집이 있었고 그 안에는 몇 개의 알이 있곤 했다. 까무러칠 듯 울어대는 종달새를 손을 휘저어 쫓으며 우리 조무래기들은 어미의 생명처럼 귀중한 알을 끄집어내곤 했다. 종달새의 노래가 아름답다 하지만 그때만은 숨 넘어가는 애절한 통곡이었을 것이다. 철없던 어린 시절 그 놀이가 이제 후회의 한숨으로 눈물이 되어 젖어온다.

다 떠나보내고 두 늙은이 신혼처럼 살아 보자 하지만 분위기는 영 그렇지 못하다. 집안에서 남정네들이 관여하지 않고 여인들의 정성과 혼이 담겨 있는 곳이 바로 키친이 아니던가. 그것 하나도 자기 주장대로 치장하지 못하고 아이들과 의논하며 살아온 한 여자의 일생이다. 제비새끼처럼 샛노란 주둥이를 가진 아이들에게 먹이를 넣어 주고, 위험이 이르면 종달새처럼 온몸으로 쏟아져 내리며 혼절할 듯하던 그녀이다. 모두 떠나고 그녀만 혼자 남았다. 새로 정성 들여 단장한 키친을 바라보는 그녀의 눈은 초점을 잃고 멍청해 보이기까지 한다. 누구든 예외 없이 자연의 법칙을 따라가는 길이건만 현실에 맞닥뜨린 본인은 혼자인 것처럼 착각하며 살아가는 것이 인생인가 보다. 그래서 부부는 한 세대를 같이 걸어가며 서로를 살펴 주는 동반자가 되어야 하나 보다.

이럴 때 동갑내기 친구가 가까이에 있으니 좋다. 젊은 시절에 즐기던 팝송을 CD에 옮겨 선물이라며 가져와 우리의 마음을 달래 주었다. 어찌 알았을까 우리의 허전함을. 동병상련이겠지.

'Love me tender, love me true…'음악이 흐른다. 오랫동안 아이들을 위한다며 클래식을 듣고 가르쳐 오지 않았던가. 아내를 아직 알지도 못하던 그때 가슴 절절해 하던 음악이 줄줄이 이어진다. 우리 둘 중에 내가 먼저 떠나게 된다면 아내는 또 다시 리모델링을 할지도 모른다. 그러나 지금은 새로 단장한 키친을 즐기도록 하자.

'I love you more and more every day'음악이 바뀌어 흐른다. 그래, 아내도 자식들도 이제는 다른 차원에서 더욱 더 사랑하며 살아보자. 눈에 보이는 외형적 리모델링보다는 보이지 않는 마음을 기운 넘치게 리모델링하는 것이 허전한 마음을 가진 우리 늙은 이들에게 더욱 보람 있는 작업이 될 것이다.

(2006. 8.)

인절미 사랑

떡 중에서 나는 인절미를 제일 좋아한다. 그중에도 고소한 콩고물에 무친 인절미를 좋아한다. 아니, 좋아한다기보다 사랑한다고 해야 옳을 것이다. 그렇게도 나는 그 맛이 좋다.

우리 민족은 아기가 태어나면 맛있는 음식을 만들어 이웃들과 같이 나누어 먹으며 앞날을 축복해 준다. 독일인들은 아이가 태어나면 나무를 한 그루 심어 준다고 한다. 스위스 인들은 남자아이를 위해선 사과나무를, 여자아이를 위해선 배나무를 심는다고 한다. 우리 민족은 아이가 태어나면 삼칠일(21일)을 산후 조리하는 기간으로 삼고 백일이 되는 날에 아이의 백일잔치를 열고 탄생과 생존을 축하하곤 했다.

우리 선조들은 준비하는 음식에 의미를 두고 있어서 백일상에는 음식이 가득하곤 했다. 그중 경단(수수찰떡)이 빠지지 않고 끼었는데 그 의미는 찰떡 달라붙어 떨어져 낙오되지 말고 잘 살라고 축복하는 데 있었다. 첫돌 때에도, 두 돌 때에도, 세돌 때에도 경단은 빠지지 않고 음식상에 올랐다. 어머니들은 아이들의 진학 시험이나 취직 시험 같은 것이 있으면 찰떡을 아침부터 먹이고 점심으로 싸서 보내고도 미흡하여 찰떡같이 붙어 합격하기를 손바닥을 비벼가며 기원했었다.

인절미의 본명은 '임 절미'라고 한다. 조선 시대 인조 임금이 이괄의 난을 피해 공주 땅에 내려가 있을 때 음식이 마땅치 않아 고생을 했다. 이때 그 지방에 임 씨라는 사람이 찰떡을 만들어 임금께 드렸는데 맛이 너무나 좋았다. 떡 이름을 물어도 천한 농민들의 떡이라 이름도 없고 그저 임씨가 만든 떡이라 했다. 임금은 환궁 후에 '임씨가 만든 절세의 맛'이라 하여 그 떡을 '임 절미'라고 명명하였다. 세월의 흐름에 따라 발음하기 쉽게 인절미로 변천되어 지금은 모두 '인절미'라 부르고 있다.

뭐니뭐니 해도 옛날 집에서 만들어 먹던 인절미 맛이 제일 좋았다. 찹쌀을 깨끗하게 물에 씻어 담가 두었다가 다음 날 검은 무쇠솥 위에 떡시루를 올리고 밀가루 반죽으로 발라 때운 후 찹쌀을 넣어 얇은 천으로 덮고 뚜껑을 덮은 후 아궁이에 불을 지피면 얼마 후 찰진 찐득이 쌀밥이 된다.

바가지로 밥을 퍼내어 절구에 넣고 굵은 통나무로 깎아 만든 절구 공이로 내려찧으면 철떡 철떡, 떡치는 소리가 울려 퍼진다. 다 쳐진 찰떡을 판 위에 올려놓고 한 입에 넣기 좋은 크기로 잘라서 콩고물이 담긴 바가지에 굴려 고물을 묻히면 고것이 바로 콩고물 인절미가 된다. 아, 그 맛좋은 인절미가 그립다. 떡시루 가에 붙어 남은 찹쌀을 떼어 입 안에 넣으면 그 맛도 일미 중 일미였다.

인절미의 맛은 콩고물에 달렸는데, 어찌 그렇게 고소한 맛이 나는 것인지 모르겠다. 콩을 물에 씻어 끓는 물에 잠깐 끓여 내면 콩 비린내가 빠져 나간다. 그 후 불 위에 달달 볶은 후 빻아서 가루를 만들면 그것이 콩고물이 되는데, 요즘 시장에 나오는 콩고물 인절미에서는 그런 고소한 맛을 찾을 수가 없으니 그 시절이 더욱 그리울 수밖에 없다. 기계화로 대량 생산된 콩고물의 맛이 여인들의 손끝을 거쳐 나온 재래식 콩고물의 맛을 따를 수가 있을까. 여인들의 손끝에 묻어 있는 정성과 가족 사랑이 맛으로 묻어 나오기 때문일지도 모르겠다.

얼마 전 중국으로 여행을 다녀왔다. 북경 부근에서 저녁식사를 하기 위해 북한 사람들이 경영하는 식당에 들어갔다. 손님이 거의 없어 식당 자리를 우리 일행이 모두 차지하고 앉았다. 메뉴가 주로 비빔밥과 냉면이었는데, 나는 냉면을 시켰다. 기다리는 동안 아가씨들이 차례로 나와 노래도 부르고 춤도 추며 작은 음악회를 열어주었다. 한복으로 곱게 차려 입은 예쁜 아가씨들이었지만 그들의 표정에는 화사한 웃음이나 미소가 없이 경직되어 있었다. 손님들을 즐겁게 한다기보다 하지 않으면 안 된다는 책임에서 오는 중압감 같은 게 느껴졌다. 나는 음식보다 그 장면들을 비디오에 찍어 넣느라 정신이 없었다. 우리 모두는 함성과 박수로 답하며 시끌벅적 떠들어 댔지만 그들은 충실하게 의무를 감당해낸 것으로 족한 듯 무표정한 얼굴로 음식상을 나르기 시작했다. 나는 냉면이 입에 별로 맞지 않아 저녁을 굶을 형편이 되었다. 그런데 덤으로 나온 접시에 노란 콩고물을 묻힌 인절미가 나왔다. 내 몫으로 한 조각은 먹어 볼 수가 있었다.

아, 그런데 이 콩고물 맛은 바로 그 맛, 옛날 집에서 만들어 먹던 고소한 콩고물에 그 쫄깃한 인절미의 맛이 아니던가. 화들짝 정신이 들며 돌아가신 어머니 생각이 나고 그 시절 절구에서 나던 떡 치는 소리가 들리는 듯했다. 어릴 적 일들이 빠르게 지나가며 그리움이 머리털 끝까지 솟아올랐다. 이미 다 비워 진 떡 그릇을 내려다보며 아쉬워하다가 참지 못하고 한 아가씨를 불러 세웠다. 내가 이 인절미를 너무나 좋아하니 나갈 때 좀 사 갈 수 있겠느냐고 요청했다. 해 보도록 하자며 주방에 다녀오더니 작은 케이스에 담아 줄 수 있으며, 값은 3달러 50센트라 했다. 나오는 길에 값을 지불하며 5불짜리를 주고 나머지는 팁으로 받으라고 했더니 무안할 정도로 정색을 하며 잔돈을 거슬러 주는 것이었다. 나는 얼결에 거스름돈을 받아 들고 나왔다. 고맙다며 받으면 될 일이지 별나기도 하다며 지령을 받았나, 아니면 자존심 때문인가라고 비아냥거리며 차에 올랐다. 그러나 인절미 맛은 얼마나 고소하고 좋은지 버스에 돌아와 빼앗기다시피 나누어주다 보니 나는 또 한 조각밖에 먹을 수가 없었다. 그날 저녁은 그렇게 굶게 되었으나 마음속에는 오래도록 감동으로 물결 치고 있었다.

미국 땅에 오래 살면서도 이런 고향 전통의 맛은 보지 못했다. 서울을 방문했을 때도 인절미를 먹을 기회는 없었다. 그런데 중국 땅에서 북한인의 손으로 만들어진 내 민족의 멋진 맛을 맛볼 수 있었던 것이다. 맛은 만드는 이의 손끝에서 나온다 했던가. 팁도 마다하며 정가만 받는 그들이 정말 내가 알지 못하는 정성과 열정을 가지고 인절미와 콩고물을 만들어 내고 있다는 말인가. 그들은 혹시 돈보다는 우리 민족의 전통을 유지하며 그 맛을 손님들에게 알리고 맛보게 하려는 것은 아닐까.

이렇게 생각하고 나니 은근히 부끄러운 마음까지 든다. 팁이 뭔지도 모르고 받을 줄도 모르는 사람들이라고 은근히 낮추어 생각했던 마음이 부끄럽고 미안하다. 오랜 세월 미국 땅에서 나그네 생활을 하는 나에게 어릴 적 즐기던 그 맛을 다시 맛보게 해주었으니 고맙기만 하다.

내가 사랑하는 인절미, 이제 오래 전 맛의 표본을 다시 찾아낸 느낌이다. 인절미를 먹을 때마다 북한인 식당에서 먹은 콩고물 인절미의 맛과 비교하며 인절미 사랑을 계속하게 될 것 같다.

(2007. 8.)

나눔의 계절

　　　　　　어제 저녁 수필가협회가 주최하는 송년회에 다녀왔다. 요구 받은 대로 10달러짜리 선물을 깨끗하게 포장해 가지고 갔다. 어쩌다보니 한 시간이나 일찍 도착하여 근처 찻집에 들어가 시간을 보냈다. 손님 한 명도 없는 찻집, 소란한 거리의 분위기와는 너무나 다른 적막한 공간에 크리스마스 캐럴만 조용히 흐르고 있었다. 일하는 아가씨는 아르바이트를 하며 컴퓨터그래픽을 공부하는 대학생이라고 했다.

한 시간을 보낸 후 나올 때 차 값에 20달러짜리 한 장을 더 보태 주면서 "나머지는 크리스마스 선물이에요. 메리 크리스마스! 회사로 입금하지 말고 아가씨 개인을 위해서 연말에 쓰세요" 하며 미소했더니 "어머 선생님, 3달러면 되는데요" 하며 얼굴이 밝아졌다. "그러니까 선물이지. 열심히 공부해서 꼭 성공하세요.” 하며 손을 흔들고 나오는데 “고맙습니다. 선생님!” 하고 가볍게 떨리는 음성이 거리의 소음보다 더 분명하고 맑다.

요즈음 미국 사회에 화젯거리는 ‘Secret Santa’이다. 58세의 부유한 아저씨가 후두암을 앓고 있는데, 그의 행적이 이야깃거리가 된 것이다. 100달러짜리 지폐로 25,000달러를 준비하여 필요할 것 같은 사람들에게 나누어 주기도 하고, 어떤 때는 경찰의 도움을 받아 필요한 사람에게 1,000달러 이상씩 도와준다. 이런 일을 벌써 십여 년 이상 해오고 있다고 한다.

이 아저씨는 어릴 적 너무나 가난해서 먹을 것도 없었다. 사춘기 시절에는 너무 배가 고파서 작은 식당에 들어가 무조건 먹었다. 그는 값을 지불해야 할 순간이 되자 지갑을 꺼내 들고 마치 있어야 할 돈이 없다는 것처럼 고개를 갸우뚱거리며 난처한 척을 하고 있었다. 그때 식당 주인아저씨가 곁에 와서 지갑을 들여다보다 허리를 굽히고는 바닥에서 무엇을 주워 올리며 “손님, 이것을 떨어뜨리셨군요.” 하며 20달러짜리 지폐를 건네는 것이었다. 그는 그 돈으로 음식 값을 지불하고 나머지는 팁으로 지불하고 나올 수 있었다. 그 돈은 분명 자신의 것이 아니었는데 주인이 사정을 눈치 채고 자신을 도와준 것이라는 사실을 깨닫고는 고마움에 눈물 젖었다. 그 후 그 소년은 돈을 많이 벌게 되었다. 이제는 80세를 훌쩍 넘긴 그 식당 주인을 찾아가 10,000달러짜리 수

표를 드리며 지난 일을 이야기했다. 식당 주인은 기억에도 남아 있지 않은 사연을 듣고 감격했다고 한다.

그때도 거의 연말이 가까이 오는 때였다. 이민 초기 나는 모든 자존심을 내려놓고 노동일을 몸으로 받아 내던 때였다. 내 몸 크기의 몇 배나 되는 물건을 떠밀며 땀을 흘리고 있었다. 하루는 누군가가 어깨를 가볍게 토닥였다. 고개를 돌려 보니 백발의 건장한 백인 노신사가 서 있었다. 따뜻한 눈길로 작은 체구의 나를 내려다보며, "젊은이, 꼭 학교로 돌아가 공부하세요. 나도 젊은 때 그렇게 힘들게 일했어요." 하며 내 어깨를 감싸 안아 두드려 주고 돌아서 가는 것이었다. 나는 너무나 감동스러워서 눈물을 줄줄 흘리며 "고맙습니다, 꼭 그렇게 하겠습니다." 라고 혼자 다짐했다. 나는 그 약속을 지켜냈고, 그 노신사는 나의 이민 생활에서 처음 만난 천사로서 지금까지도 나를 격려해 주고 있다.

하루 종일 이런 이야기가 머리 속에서 맴돈다. 나는 부자가 아니니 어쩌면 좋을까. 작은 것부터라도 시작하면 좋겠는데, 머리에서부터 두 손까지의 거리가 왜 그리도 먼지 실천하기가 쉽지 않다. 찻집 아가씨는 그 20달러를 어디다 쓰게 될까. 손등이 다 터지도록 일하는 어머니를 위해 로션 한 병을 사게 될까, 아니면 어린 조카를 위해 작은 인형을 하나 사게 될까? 서로 작은 것을 나누었을지라도 마음속에 큰 기쁨으로 돌아와 추운 이 계절에 훈

훈함이 넘쳐나면 좋겠다. 한 사람의 생명을 내어 줌으로써 온 인류의 생명을 구할 수 있게 된 것처럼 말이다.

(2006. 12.)

구부정 다리

이른 아침, 잠자리에서 일어나자마자
냉수 한 잔을 쭉 들이켜고 운동 길에 나서는 것은 오랜 나의 일상
이다. 신발 끈을 단단히 매고 일어나보니 다리가 미끈한 서양인
들이 나보다 한 발 앞서 달리고 있었다. 그들은 밤새 암흑 보자기
에 말려 있던 어스름 길을 차근차근 펴가고 있었다. 나는 잠시라
도 미적거릴 수가 없었다. 뒤따라 숨을 후후거리며 한참을 달렸
다. 거의 관성의 탄력일 게다. 얼마를 달렸을까.

옥수수 밭의 잘 익은 강냉이 알처럼 동쪽 산 너머에서 불그스
레한 일출의 빛이 비쳐나기 시작한다. 나는 다리를 부지런히 뻗
으며 앞서 간 사람들의 긴 그림자 자리를 밟아가고 있었다. 그
다리들은 아스토리아식 기둥처럼 웅장한 사원을 떠받치고도 남
을 것같이 헌칠하고 건장해 보였다. 그들의 다리가 부러웠던 것

일까. 조깅은 10미터 앞쯤을 바라보고 뛰는 것이 상례인데 내 눈
은 이따금씩 내 아랫도리 쪽을 훑곤 했다.

　백두대간 뒤쪽을 뻗어 내린 등줄기를 따라 태백산맥의 끝자락
치골까지는 앞선 사람들과 별로 다른 것 같지 않은데 골반에서
양쪽으로 갈라 내린 내 다리가 문제일 것 같다. 어쩌자고 내 다리
는 작달막한 것도 억울한데 동네를 에워싼 분지 능선처럼 구부정
하게 생겼을까! 그나마 약간만 더 휘었더라면 안짱다리가 될 뻔했
지만 아슬아슬하게 모면한 것을 큰 위안으로 삼아야 할지 모르겠
다.

　여성들의 경우 아름다운 각선미를 과시하기 위해 적잖은 노력
과 시간과 돈을 들인다고 한다. 다리가 허약하면 활동하는데 불
편과 생활의 지장을 가져오며 건강 유지에도 힘이 들 것이다. 다
리는 온몸의 무게를 감당하며 가야 할 곳으로 몸을 얹어 걸어가야
하고, 자동차 액셀러레이터를 밟는데도 사용되어야 하기 때문에
항상 건강을 유지해야 한다.

　그런데 내 다리는 짧고 구부정한 것이 서양인들의 길고 곧은
다리와 다른 것 같다. 전체적으로 보면 무릎 부분에서 안쪽으로
굽은 것 같은데 자세히 보면 아래로 향하면서 다시 바깥쪽으로
벌어진 듯하다가 발목 부위에서 한 번 더 안쪽으로 굽은 것 같으
니 마치 엉성하게 S자를 늘어뜨려 놓은 모양새라고나 할까, 그래

서인지 서서 오랜 활동을 하지 않았어도 다리에 쉬이 피곤이 온다. 상체의 무게를 곧장 받아내지 못하고 옆으로 삐뚤게 분산해서 받다 보니 신체의 구조역학상 피로가 쉽게 오는 것인지 모르겠다.

그렇기 때문에 내가 가장 싫어하는 것이 아내와 함께 쇼핑하는 일이다. 아내가 이런저런 것들을 고르며 다니는 동안 나는 하는 일 없이 서 있을 수밖에 없다. 그러면 내 다리는 얼마 있지 않아 피로를 감내하지 못하고 SOS를 호소하며 어디에 주저앉으려 한다. 그 이상한 형태의 허약질 다리가 지천명의 중반을 넘기기까지 탈이 나지 않은 것이 참으로 용한 일이라 아니할 수 없다. 내 앞 생애에도 걸어 온 가시밭길만큼 험한 길이 나올지도 모르는데, 그 이상 혹사를 시켜서는 안 된다고 생각은 하지만 어찌될는지 누구라도 장담은 할 수 없으리라.

비록 내 다리가 서양인의 다리처럼 길쭉하거나 잘생기지는 못했지만 여태껏 그들과 선의의 경쟁에서 뒤질 수는 없었다. 그래서 그들이 칠 보의 노력을 기울일 때, 나는 나아갈 길을 한 번 더 뚫어 본 후 십 보의 노력으로 뛰어야만 했다. 볼품없는 내 다리의 골수에 흐르고 있는 은근과 끈기가 샛길로 빠져 버리는 것을 결코 용납 않고 앞만 보고 뛸 수 있는 버팀의 강단을 더해 준 것을 어찌 내가 모르겠는가.

사실 나는 어릴 때 허약동이었다. 외할머니께서 어머니에게 '그 애에게 정 두지 마라.'고 말씀했다니 내 유년의 건강 상태가 어느 정도였는지 짐작된다. 그러나 인명은 재천이었는지 나는 살아남았고, 학교에선 공부보다 운동을 좋아해서 뛰어노는 것에만 정신을 쏟았다. 내 나이 삼십, 한국을 떠나 올 당시까지도 나는 축구공을 따라 달리며 땀을 흘렸고, 주말엔 빠짐없이 높은 산을 오르며 허약한 다리와 몸을 단련시켰다.

누구의 말이었나? "돈을 잃으면 조금 손해 보고, 친구를 잃으면 큰 손해 보며, 건강을 잃으면 전부를 잃는다."는 말. 내가 이만큼이라도 몸을 지탱하는 데는 잊을 수 없는 한 분이 떠오른다. 중학교 1학년 때의 여선생님이다. "너 어깨 좀 이렇게 펴고 다녀라."고 말씀하시며 내 어깨를 뒤로 제쳐주시곤 했는데, 그 말씀대로 나는 운동과 바른 자세에 심혈을 기울여 왔다. 또 군대생활할 때는 스스로 가슴을 펴고 몸을 곧게 세워 걷는 훈련을 했다. 지금껏 나는 그 자세를 유지해 오고 있다.

그런데 내 자세가 문제가 될 수도 있다는 걸 근래에 와서야 알게 되었다. 그 자세가 어떤 사람들에겐 별로 좋게 받아들여지지 않는 모양이었다. 수년 전 한 세미나에서 치과에 관한 강의를 한 적이 있다. 내 딴엔 바른 자세를 유지하느라 한 손을 바지주머니에 꽂은 채 상체를 꼿꼿이 세우고 말을 했다. "언제부터 그리 오만

하냐?”는 후일담으로 나는 생각지도 않았던 곤욕을 치렀다. 벼이삭이 익는 것처럼 나이가 들수록 어느 정도 주변을 실팍하게 정리해낸 입장이면 자세를 조금 다소곳하게 수정하여야 하나보다.

오늘 아침도 나는 허약한 구부정 다리로 뛰었고 내일도, 그 다음 내일도 계속해서 땀을 흘리며 달릴 것이다. 볼품없고 못 생긴 내 다리. 오해받을 소지가 다분히 있는 내 자세. 그렇지만 어쩌겠는가. 아직도 내가 해야 할 일들은 너무 많이 남아 있다. 그것들을 잘 건사해야 혹 구부정해질지도 모를 내 마음을 바로 잡을 수 있을 테고, 속속들이 내 사정을 몰랐던 사람들도 이해할 수 있는 기회가 주어지지 않겠는가.

텔레비전 화면에서는 지금 서양인 여성의 현란한 각선미를 보여주는 다리가 클로즈업되어 있는 다이어트 광고에 열이 올라 있다. 나는 내 구부정 다리와 화면의 그 다리를 번갈아 보며 어설픈 미소를 띄운다. 폭신한 토양의 온실에서 기른 왜무 뿌리처럼 미끈한 그 다리는 마사지 냄새가 솔솔 배어나지만, 내 구부정 다리야 어느 돌짝밭 황톳길을 뛰어 다니기 마다한 적이 있었던가. 그 흔한 바디로션과 따끈한 찜질 봉사를 호사스럽게 받아본 적이 있었던가. 바깥이 춥건 말건, 바람이 거세게 불고 불볕이 쨍쨍 쬐어도 불평 없이 동행해준 나의 구부정 다리. 예나 지금이나 그 모양

그대로 나아진 것이 없지만 이제는 푹 정이 들었다. 오늘도 그
다리는 내 온몸의 무게와 마음의 짐을 떠받치고 나를 나 되게 지
탱해 주고 있으니 얼마나 고마운가.

(2003. 9.)

깨어진 향수병

오늘 아침 잘 개켜진 새 타월을 쓰려고 젖은 얼굴에 덮는데 느닷없이 '아내의 향'이 진하게 코를 찔렀다. 이상히 여겨 여러 번 코를 대고 킁킁거려 보았지만 틀림없이 '아내의 향'이다. 내가 나이 들며 돌았나 싶어 다시 코를 대 보았지만 틀림없다. 타월을 들고 거울을 바라보며 양파 껍질 벗기듯 원인을 추리하다가 슬며시 고개를 내미는 기억의 꼬리를 찾아 잡고 나는 물가의 난초처럼 미소 짓고 있었다. 아하, 그렇지! 그것이 이유로구나.

달포 전, 아내는 향수가 떨어졌다며 새로 한 병을 구입해 왔다. 비싸고 좋은 것이라며 소중히 써야겠다고 했다. 바로 그 다음 날 아침, 아내는 바쁘게 그 병뚜껑을 열다가 떨어뜨려 타일 바닥 위에서 병 목 부분이 깨지며 향수가 바닥에 질퍽하게 쏟아졌다. 좋은 향도 지나치면 역한 향으로 변질되나보다. 새로 사온 비싼 것인데 아깝다며 동동걸음으로 뛰어 다니며 남은 것을 담을만한 병을 찾느라 소란을 피웠다. 아내는 작은 병을 찾아와서 남은 것을 옮겨 담고 잘 챙겨 두었다. 내 몫의 할 일은 발바닥을 값진 향수로 적시며 쓰던 타월을 들고 타일 바닥 위의 질퍽한 향수를 닦아내고 또 닦아내는 뒤처리 작업이었다. 그 타월을 오늘 아침 사용하려다 세탁 후인데도 아직 진한 향이 남아 있는 것을 알게 된 것이다.

남에게 착한 일을 베풀면 그 향이 잠시 동안 남아 상대방에게 기쁨을 갖게 한다. 그러나 남에게 악한 일로 상처를 주면 그 향은 오랫동안 남아 상대방을 아프고 쓰리게 한다. 좋은 향보다 나쁜 향은 더 오래, 더 많이 상대방에게 역한 냄새로 남게 된다. 모든 향은 인간의 생명이 쇠진하고 한 세대가 지나가면 다 잊히게 된다. 실수로 깨어진 병의 향은 타월에 묻어 달포까지는 남아 있지만 아내의 안달하는 모습은 내 여생과 함께 귀중한 추억으로 마지막까지 남게 될 것이다.

성서에 보면, 한 여인이 예수를 찾아 와서 무릎을 꿇고 앉아 아주 값진 향수 한 병을 깨뜨려 그의 발에 붓고 눈물과 함께 자신의 머리털로 그의 발을 씻겼다고 하는 이야기가 기록되어 있다. 실수로 떨어뜨려 깨뜨린 것이 아니라 그녀의 마음의 원하는 뜻대로 깨어서 부었던 것이다. 그 향수는 물질로써가 아니라 그녀의 온 생명을 예수를 위해 희생할 수 있다는 의지의 표출물이었을 것이다. 그녀의 애절한 이야기는 이천 년이 지난 지금도 읽는 사람들의 가슴에 뭉클한 감동을 준다. 내 발바닥에 묻었던 향수를 아까워하던 아내와 한 병 모두를 기쁘게 부어 드린 그 여인. 고금을 막론하고 향수는 비싼 것이기는 하나 그 사용하는 이의 마음에 따라 더 귀중한 가치를 가지고 좋은 향을 내는 마음의 전달자가 될 수도 있을 것이다.

아내의 향수는 그 한 병 값에 지나지 않겠지만 성서에 기록된 여인의 향수는 역사를 두고 모든 사람들의 마음을 설레게 하는 값진 영혼의 향이 아니겠는가! 숫자로 표현할 수 없는 귀중함, 그것은 영혼 깊은 데서 솟아나는 사랑의 샘물과도 같은 향일 것이다. 평생 살아가는 부부 사이도 애틋한 사랑이 없으면 마치 병에 담긴 향수일 뿐이다. 끊지 못할 부모 자식 사이에도 이해하는 연민의 정이 없으면 향수를 닦아낸 타월의 역할만 할 뿐이다. 서로가 마음의 병을 깨뜨리고 사랑의 향을 쏟아내면 살아볼 만한 세상이 될 것이다. 그래서 성서에는 "사랑이 없으면 소리 나는 꽹과리와 같다"고 기록하였나보다.

얼마 전, 서울에서 목사로 시무하고 있는 친구가 다녀갔다. 바쁘게 사는 형편이었지만 따로 시간을 내어 친구가 꼭 가봐야 할 한 곳을 안내하게 되었다. 오랜만에 만난 친구가 반갑고 정겨워 오랜 이민생활에 지쳐있는 나에게는 가뭄에 내린 단비와도 같았다. 친구가 일정을 마치고 돌아갈 때 나는 미리 아내의 손을 빌려 준비한 좋은 미제 향수 두 병을 슬며시 그의 손에 쥐어 주었다. "한 병은 네가 쓰고 다른 한 병은 네 아내에게 주려무나." 그러자 그도 예쁘게 잘 포장된 작은 상자를 내어 밀며 "이거 같은 종류가 되겠는데, 서울에서 제일 좋다고 하는 것이니까 고향 생각하며 한 번 써봐." 하는 것이다. 우리는 선물을 주고받은 것이 아니라 심중에 쌓여 있던 그리운 우정을 표현하는 대체물로 향수병을 선택했을 뿐인 것이다. 우리는 서로 바라보며 고개를 끄덕거렸다.

향수는 고약한 악취를 감추어 보려고 불란서에서 개발되었다고 하나 지금은 목욕을 자주하고 깨끗한 환경에서 사는 세상이니 그보다는 다른 사람에게 더 좋은 향을 풍겨 주려고 몸 각 곳에 뿌리는 것이리라. 더욱이 이런저런 경우에 선물로 주기에는 더 없이 좋은 것이 향수다. 그 병 속에 따뜻한 정과 사랑의 표현이 첨가되어 있다면 향수의 선을 넘어 사랑의 전달자가 될 것이다. 우리가 서로 교환한 향수병은 그의 마음과 나의 마음이 동일하였음을 나타내는 것이었다. 이 다음에 또 만나게 되면 향수병을 다시 주고받기를 은근히 기대해 본다.

거울 속의 타월을 다시 바라보며 상념에 젖어 본다. 아내는 어떤 마음으로 나를 사랑한다고 할까? 향수 한 병의 가치만큼 일까? 아니면 생명을 담은 병을 깨뜨려 내 입술에 흘려 부어 주는 아주 귀한 향을 가진 마음, 그만큼일까? 나는 아내에게 어떻게 '생명처럼 사랑'한다는 마음을 쑥스럽지 않게 전할 수 있을까? 그래 이렇게 좋은 기회가 왔을 때 제일 쉬운 방법으로 표현해 보아야겠다. '향수!' 그것이로구나.

오늘 저녁 퇴근길에는 깨진 향수병을 아까워하는 아내를 위해 값진 향수 한 병을 사다 주어야겠다고 마음먹으며 집을 나섰다.

(2004. 8.)

고사리 선물

나는 이민 초기에 이곳 남가주 근처 빅
베어 산 쪽으로 가서 숲을 뒤지며 고사리를 따러 다녔던 적이 있
다. 그때만 해도 지금 같은 비닐 백이 없던 시절이라 누런 종이
백을 들고 가서 가득 채워 오곤 했다. 싱싱한 고사리를 삶아 양념
해서 먹는 그 맛은 바짝 마른 것을 물에 불려 먹는 것보다 훨씬
신선하고 좋다. 한인들이 고사리를 즐겨 먹는 이유는 맛도 맛이
려니와 아마 고향의 맛을 즐기려는 마음이 더 크다 할 것이다.
채집하는 노력을 들이지 않고 선물로 받아먹을 때 그 맛은 참 좋
다. 친구가 준 것이라면 더욱 그렇다.

얼마 전 오레곤에 사는 친구 내외가 다녀갔다. 차 트렁크에서
큰 자루 하나를 꺼내더니 자기가 직접 채취한 것이니 먹어 보라며
주고 갔다. 뻣뻣한 줄기는 다 잘라 내고 연한 끝 줄기 부분만 추려

다듬어 바싹 말린 고사리가 담겨 있었다. 한눈에 보아도 많은 시간과 노력을 들였음이 틀림없어 보였다. 사업하느라 바쁜 생활하면서 언제 시간을 내어 산에 올라 숲을 뒤지며 채취하여 다듬고 자르고 말려서 가져 올 수 있었을까? 고사리라는 물질 자체의 가치보다 친구의 마음이라 생각되어 잔잔한 감동이 왔다.

아주 귀한 것이니 두고 나 혼자만 아껴 가며 먹어야겠다고 좋아서 받아들었다. 그런데 친구가 부탁이 있다고 했다. 금년에 어떤 모임 행사 진행을 책임지고 있는데 많은 사람들이 참가할 수 있도록 협조해 달라는 것이다. 그러면 이것도 뇌물이 되는 것 아니냐며 웃고 헤어졌다. 조금 꺼내어 아내의 요리 솜씨로 맛보았는데 세상에 고사리 맛이 이럴 수도 있나 감탄을 할 만큼 맛이 훌륭했다. 역시 두고 혼자만 먹겠다고 하기를 잘했다고 아내와 맞장구치며 한참을 웃었다.

한 달쯤 후, 집에 손님 100여 명을 초대하는 파티가 있었다. 음식을 준비하던 아내가 제안했다. 보관해 둔 그 고사리를 요번에 풀어 쓰자는 것이었다. 맛있는 음식일수록 남과 나누어 먹어야 더 맛이 좋다는 것이었다. 그리고 친구 분의 요청도 있으니 고사리의 출처를 밝히고 그 모임에 참석하라는 요청도 하면 좋지 않겠느냐는 것이었다. 나는 가끔 아내의 앞서가는 사고 능력에 감탄하곤 한다. 혼자만 먹으려던 고사리가 아쉽기는 하지만 손님들과 나누어 먹기도 하고 또 친구의 부탁도 실행에 옮길 수 있는 절호의 기회가 될 것이다.

그날 저녁 나는 장황하게 고사리의 사연을 풀어 놓고 친구가 부탁한 그 모임에 많이 참석해 달라고 부탁했다. 덤으로 나는 고사리 맛이 참 좋다는 찬사를 들었고, 친구가 주관하는 모임에 내 쪽에서 100여 명이 넘는 인원이 참가할 수 있었다. 고사리를 선물한 친구가 고마웠고 그의 부탁을 실행에 옮긴 나에게 친구도 고마워했다.

나 혼자 먹으려던 고사리는 모두 사라져 버렸다. 집안에서 형님은 동생들을 항상 챙겨 주는 것이 보통이어서 고사리를 가져와 나를 챙겨 준 친구를 형님이라 불러 주었더니 형님보다는 친구라 부르는 것이 더 좋으니 그대로 친구라 하자 한다.

그래서 우리는 도로 친구가 되었다. 이 소식을 들은 다른 친구가 심술을 부린다. 미국의 소들이 고사리를 피해 가는 것은 고사리를 먹으면 탈이 나기 때문이며 그래서 미국인들은 고사리를 먹지 않으니 너도 고사리를 많이 먹지 말라는 것이다. 그리고 한방에서도 고사리는 남자에게 안 좋다는 믿을만한 이론도 있으니 조심하라는 것이었다. 아무런 감언이설로 나를 설득하려 할지라도 친구가 가져 온 고사리는 맛이 아주 좋았고, 그 후 우리의 우정은 더 두터워졌다는 사실이다. 확실히 '주는 것이 받는 것보다 복'

이 있는가보다.

어제 시장에서 사온 고사리 맛이 별로였다. 생산지도 알 수 없고 유통과정도 알 수가 없다. 굵은 줄기가 그냥 있어서 뻣뻣한 감도 있다. 아내와 마주 보며 웃었는데 아마 같은 생각을 하고 있었나 보다. 그 친구가 또 한 자루 가져오면 좋겠다. 그러면 난 무엇을 주어야 하나, 이렇게 김칫국만 마시고 있는 나는 그래도 그의 친구이다.

(2006. 12.)

황톳길

도시생활의 여유로움이 내 발바닥으로 맨 땅 밟는 일을 멀게 하므로 나는 따로 시간을 내어 흙먼지 이는 산길을 오르기를 좋아한다.

남가주의 여름 날 오후, 산길을 오르노라면 지독한 땅의 열기를 숨 막히게 느끼지만 맨 땅이 절규하는 외침이라 생각하니 좋다. 오늘도 땀범벅으로 맨 땅 위를 달리는데 뒤에서 레인저 트럭이 소리 내며 올라온다. 옆으로 비켜서니 고맙다며 손을 흔들고 지나간다. 자동차의 꽁무니를 따라 바싹 마른 갈색의 흙먼지가 구름처럼 피어오른다. 흙먼지에 휩싸인 나는 숨 쉬기를 멈추며 눈 감고 시간을 기다린다. 그런데 갈색의 흙먼지 속에 또 다른 황토 흙먼지가 흑백 영화처럼 머릿속에 떠오르며 내 기억의 필름을 돌려 옛날 어디론가 달려가게 한다.

그때 나는 덜커덩거리며 달리는 낡고 엉성한 시골 버스 안에서 뒤 창문을 통해 벌겋게 뿜어 날리는 황토 먼지를 바라보고 있었다. 약혼자의 고향, 장호원을 찾아가는 첫길이었다. 포장 되지 않은 황토길, 지난 번 장맛비에 여기저기 웅덩이가 파이고 아직도 물이 고여 있는 황톳길, 온통 찢기어 곰보 같은 황톳길, 버스가 털털거릴 때마다 내 작은 몸뚱이는 튀어 올라 천장을 치받을 것만 같았다.

그 길이 왜 그렇게 멀고 험한 길로 느껴졌는지 모른다. 그래도 그 길을 마다않고 달려간 것은 사랑하는 여인의 고향이고 또 그녀가 기다리고 있기 때문이었다. 그 시절에 맨 땅 황톳길이 아닌 데가 있었겠는가. 학교 갈 때도, 직장 갈 때도, 이웃 동네 갈 때도, 시집 갈 때도 모두 황톳길을 걸어서 가지 않았던가. 그래도 내가 걷고 있던 그 황톳길은 나를 감동시키는 길이었다.

약혼녀가 열 살 때쯤 동네 길을 휘젓고 다니며 작은 꿈을 키우던 때의 일이었다고 한다. 한국전쟁에 육군 용사 아버지를 빼앗기고 유복자로 태어나 할머니 슬하에서 학교를 다니며 어려운 삶을 살고 있던 어느 추운 겨울, 눈보라가 몹시 불어치는 하교 길이었다. 어떤 어린아이가 맨발로 걸어가는 것을 보고 불쌍히 여겨 자기의 신을 벗어 그 아이에게 신겨주었다. 그리고는 맨발로 눈길을 걸어 집에 돌아 온 그녀는 할머니에게 심한 꾸중을 들었다.

그녀가 맨발로 눈길을 걷던 그 황톳길이라서 차가 덜컥거려도 나는 좋았다. 그녀는 교회 활동에 열심이어서 새벽에 제일 먼저 교회에 가서 난로에 불을 지폈고, 무릎 꿇어 소원을 빌었다. 그녀가 매일 새벽기도 가던 그 황톳길이었기에 나는 좋았다. 할아버지의 복숭아 과수원에 가서 복숭아로 허기진 배를 불리고 맨발로 돌아오며 즐겁게 뛰놀던 그 강둑길도 황톳길이어서 나는 좋았다. 그 황톳길을 손잡고 걸으며 '그래, 내가 당신의 생애의 전환점이 되어 주리라, 지금은 털럭거리는 길이지만 이후에는 포장도로를 달리는 삶을 살도록 해 주마'하고 마음을 다졌다. 우리는 강둑에 매어 놓은 송아지 엉덩이를 두드려 주기도 하고 먼지를 일으키며 달리기도 하며 서로를 격려했다.

결혼 후에도 이민생활 개척하느라 꽤 오래 동안 맨발로 황톳길을 걸어 왔다. 직장을 오가며 작은 어깨에 아이들과 남편까지 받아내며 한결같이 걸어 온 삼십여 년. 이제는 남들이 부러워할 만큼 포장도로가 펼쳐졌는데도 아내는 아직도 황톳길 맨발로 가듯 쉼 없이 걷는다. 고향을 떠날 때 눈물로 가족과 헤어졌어도 이제는 포장된 도로를 따라 서로 오가지만 그녀의 생활은 아직도 황톳길을 걷는다. 황토길 웅덩이에 고인 물이 아이들을 적시면 허리를 구부려 닦아주며 함박웃음 짓고, 거친 길 돌에 걸려 넘어지면 그냥 펄썩 주저앉아 깨어진 무릎을 호호 불어 주던 그녀. 이제는 나이 들어 힘들어하는 남편의 손을 이끌며 아직도 황톳길을 더 걸어야 할 것 같다.

세상에는 많은 종류의 포장도로가 있다. 고대 로마인들의 대리석 포장도로, 골목마다 작은 사각형의 돌들로 곡선을 그리며 포장되어 있는 유럽 도시의 길거리, 미국의 아스팔트와 콘크리트로 포장된 고속도로. 얼마나 빠르고 쉽게 목적지에 갈 수 있는가. 그러나 우리는 목적어를 앞에 붙여 길 이름을 부른다. 미국 가는 길, 나성 가는 길, 학교 가는 길, 집에 가는 길, 놀러 가는 길. 그리고 인생 길 등등. 그것은 길을 어떻게 쉽게 가느냐가 아니라 어디로 무엇하러 가느냐가 더 중요 관심사이기 때문일 것이다.

목적지가 일단 정해지고 나면 그 길이 잘 포장된 길이건 거친 황톳길이건 마다하지 않는다. 가야 할 길이 거친 황톳길이라고 목적지를 바꾼다면 실패한 나약한 인간이 될 것이다. 인생길이 황톳길이면 어떻고 포장된 길이면 어떠한가. 나이 육십 고개를 넘고 보면 모두 같은 길이 아니던가. 젊은 날에 목적한 바 있어 황톳길을 걸어 그곳에 이르러 보니, 오늘 산으로 오르는 길을 달려 산정에 이르러 아래로 펼쳐지는 정경을 바라보며 느끼는, 기쁘기도 하고 허전하기도 한 바로 그것이 아니던가.

인생은 거친 황톳길을 가듯 살아가야 더욱 인생 맛이 난다. 그래야 땅 냄새, 그 열기, 거칠음, 부드러움 모두를 느낄 수가 있다.

신이 인간에게 내려주신 생활 터전 황톳길. 덮어 가리는 것 없이 그대로 디디고 서서 삶을 주시는 신께 감사하며 살아가야 한다. 쉽게 포기하고 어렵게 깨닫는 젊은이들은 아직도 인생의 황톳길을 걸어 보지 못했기 때문이다.

황톳길은 삶을 살아가는 지혜를 가르쳐 준다. 황톳길에 올라서면 도전해 보고자 하는 의욕이 솟아나고 아름다운 것들이 눈에 보이며 즐거운 소리가 들려와 스트레스가 해소되고 인생이 행복하고 복 받은 것을 알게 된다. 그리고 모든 역경과 고통을 극복하고 미래를 꿈꾸며 설계하는 건전한 사람으로 만들어 준다.

언뜻 정신이 드니 나는 아직도 길가에 서 있다. 흙먼지는 날아간 지 오래고, 푸른 남가주의 하늘이 산등을 감싸고 있다. 그래, 달리자. 아직도 가야 할 황톳길이 내 앞에 있으며 그 길은 나에게 삶의 의욕과 도전을 부여할 것이다. 그리고 행복을 약속할 테니까.

(2004. 8.)

백미(白眉)의 계절

어느새 9월이 되어 서늘한 바람이 목덜미를 스친다. 나뭇잎들도 이제 색깔을 바꾸며 계절의 끝을 장식하려 바빠질 모양이다. 이른 봄엔 감미로운 연녹색으로, 여름엔 진녹색으로 지칠 줄 모르는 초록일색이더니 이제 곧 열정 식은 누런 색 옷으로 갈아입겠지. 머지않아 깡마른 갈색으로 변하고 나면 서걱거리며 울음소리를 내다가 낙엽이 되어 땅 위에 뒹굴게 되리라. 어느 누가 어김없이 돌아가는 자연의 법칙을 붙잡거나 바꾸어 놓을 수 있으랴.

올 여름은 극성스럽게 뜨거웠다. 이제는 그 열기를 식히며 길게 드리워지는 나무 그림자 뒤쪽으로 계절이 물러나고 있다. 나뭇잎들도 변해 가는 자신의 모습을 안타까워하며 봄날의 아름다웠던 일들을 추억해 보고 있을까. 살랑거리는 봄바람을 타고 찾아온 따사로운 햇빛, 팔랑팔랑 춤추며 날던 나비들과 윙윙거리며 들락대던 꿀벌들은 지금은 어디에 가 있을까.

마냥 좋은 일들만 있었던 것은 아니다. 타는 듯한 여름 햇볕 아래선 잎사귀들의 둘레를 바싹바싹 말리며 애타던 때도 있었다. 아이들이 떼 지어 가지에 매달리며 그네 타기를 할 때는 그 시달림에 소리 내어 앓은 적도 있었다. 폭풍이 산천을 휘몰아쳐 나뭇가지가 찢겨져 나가고 이웃 나무가 뿌리까지 뽑혀 나가는 모습은 차마 볼 수가 없었다.

지금까지 잎들을 고스란히 달고 있는 나무는 행운아다. 그 모든 험난한 계절을 인내하며 보냈다가 내년에도 다시 연한 새 잎을 태어나게 할 테니까. 그런 희망을 품고 남아 있는 나뭇잎은 떨어져 흙과 섞여 거름이 되어야 하는 자신의 아픈 운명을 받아낼 수 있을 것이다.

나뭇잎이 맞는 가을에 비하여 내 인생의 가을은 어떠한가. 아내는 나를 의자에 앉히고는 머리 염색약과 쓰다 버린 칫솔을 찾아와서는 내 눈썹 언저리를 검정색으로 범벅하고 있다. 길게 뻗혀 나온 몇 개의 눈썹은 가위로 잘라낸다. 남들 앞에 나설 때 나이 들어 보이는 것은 좋지 않다는 교훈까지 곁들이면서 말이다. 나는 눈썹이 짙고 두터워 한참 젊을 땐 눈썹 때문에 남성미가 있어 보인다는 말을 꽤나 들었다. 지금은 미간을 사이에 두고 가늘고

짧아지면서 하얗게 변하고 있다. 어떤 눈썹들은 아직도 뻣뻣하고 힘이 있어 보이지만 그 역시 희어져가는 것을 막지 못할 것이다.

희어져 가는 순서는 머리카락이 먼저였다. 처음 몇 개의 새치가 나오기 시작했다. 그때마다 손으로 제거작업을 했으나 조금씩 더 눈에 띄자 아내가 그냥 두려 하지 않았다. 골라서 뽑곤 하더니 점차 그 주위의 희끔한 머리까지 제거하는 것이었다. 그것도 되지 않는 시기가 오니 가위를 들고 듬성듬성 잘라 내기 시작했다. 더 감당할 수 없게 되자 아예 염색약을 사 들고 와선 염색을 하기 시작했다. 그런 처지이니 눈썹이라 해서 가만 두겠는가.

처음에는 하나씩 쇠는 것들을 내 손으로 뽑았다. 너무 아팠다. 기미를 알아차린 아내가 그냥 있으려 하지 않았다. 인정사정없이 잡아 뽑아버려야 직성이 풀리는 모양이다. 뭣이 그리 아프냐며 계속 뽑아댔다. 아픔을 참지 못하는 나와는 달리 아내는 직업 정신이 발동한 듯 아무리 간청해 보아도 소용없었다. 그녀는 환자의 막혀 있는 심장 혈관을 뚫어 주는 일에 참여하는 전문 간호사이다.

이제는 뽑는 과정도 다 지나가고 가끔씩 염색을 할 수밖에 없는 처지이니 가을 나뭇잎의 순리를 따라갈 수밖에 없다. 내 눈썹이 검고 윤기 있던 때를 회상하며 아내를 곁눈질해 본다. 이런 백미의 계절로 접어들었지만 내 인품은 예나 지금이나 별로 변한 게 없는 듯하다. 매력적인 검은 눈썹을 자랑하던 그 때의 그 설익은 성질을 아직도 갖고 있으니 정말로 딱하기 짝이 없다. 내 여생을 인도해 주시고, 내 영혼을 맡겨야 할 그분에게도 염치없어 절망스럽기까지 하다.

어린 시절, 나도 다른 아이들처럼 만화 보기를 좋아했다. 만화 속에 등장하는 산신령이나 굵고 긴 지팡이를 들고 나타나 마음먹기 따라선 뭐든지 할 수 있는 도사님은 하나같이 길게 늘어진 흰 눈썹과 가슴까지 내려오는 하얀 수염을 기르고 있었다. 득도한 그들이 나이를 많이 잡수셔서 저절로 그리 되었다고는 생각지 않는다. 뼈를 깎는 고통과 자기 수련의 계절을 거친 다음 그런 품격과 능력을 겸비하여 만화의 주인공으로까지 되지 않았나 싶다.

나도 지금 그런 계절의 문 앞 어디쯤엔가 서 있을 텐데, 나의 능력과 인품은 과연 어떤 모양새를 취하고 있는 것일까. 만약 내가 생각하는 틀에서 너무 거리가 멀어졌다면 나는 젊은 시기를 허송해 버렸다는 것밖에 되지 않는다. 흰 눈썹이 돋보이는 나이 드신 분들을 대할 때마다 달관의 경지에 이른 말씀 한마디쯤 듣고 싶어 하는데, 나도 이 계절을 보낸 후 얼마만한 경지의 인품으로 후세들을 대할 수 있을지 모르겠다.

성서를 통해 우리는 출애굽을 지도했던 모세의 이야기를 알고 있다. 그는 인생을 마감하기 바로 전, 자기의 후손들이 들어가 살게 될 가나안 땅을 멀리까지 바라보았다. 나는 그가 120년이나 된 흰 눈썹과 수염을 날리며 홀로 섰던 곳을 가본 적이 있다. 평생을 바쳐 소망하던 일을 자신의 손으로 이루지 못한 채 죽어야 하는 순간 그는 얼마나 안타까웠을까. 그러나 흰 수염과 눈썹에 걸맞게 평생 동안 교통했던 신의 품에 안겨 휴식의 세계로 들어갔다. 그의 일생은 인내와 극기로 점철된 수련의 계절이었으며 그가 교통했던 신의 세계로 들어갈 준비의 기간이었을 것이다.

거울 속에 웅크리고 앉아 염색된 검은 머리와 눈썹이나 매만지고 있을 것이 아니라, 이 계절에 자기 수련을 하는 일에 더 전념해야 하리라. 젊은 열정을 잃지 않은 채 인고의 순간들을 엮어 백미의 시절에 맞는 인품을 간직하며 영원한 인도자의 길을 따라 나아가기를 힘써야 하리라.

아무리 염색을 잘했어도 특히 눈썹은 빨리 자라서 일주일만 지나면 흰 가닥들이 들쳐 나오곤 한다. 겉치레를 아무리 잘하더라도 본체의 생리를 막을 수 없듯이 우리의 속사정도 마찬 가지일 것이다. 젊은 욕망의 순간들이 순화되어 완숙한 백미의 계절로 언제 들어가게 될지 초조하기만 하다. 눈썹 한 올 한 올 위에 서리가 내리고 있으니 백미에 걸맞은 찻집에라도 들어가 따뜻한 차라도 한 잔 마셔야 할까보다. 그 찻집은 석양이 붉게 물드는 서편을 향해 창문이 나 있고, 잎이 무성한 나무 그늘 아래에 있으면 더욱 좋겠다.

(2005. 9.)

왼쪽 자리

어떤 모임이나 집회에 가서 앉을 자리를 잡아야 할 때 나는 먼저 왼쪽 자리를 찾아간다. 특별한 이유가 있는 것은 아니다. 그저 편안함을 느끼기 때문이다. 어쩌다 사정이 여의치 않아 오른쪽 자리에 앉게 되면 좌불안석이다. 그리고 자꾸 왼쪽만 바라보게 된다. 일종의 정신 장애일까 두렵다.

조선시대의 관직 중에 좌의정과 우의정이 있었는데, 서열상 좌의정이 상석이었다. 신문기사에 의하면, 퇴계 이황 선생의 제자들이 스승을 기리기 위해 안동 땅에 '호계서원'을 세우고 그곳에 선생의 위패를 모셨다.

그런데 그 위패의 좌측에 누구의 위패를 모시느냐를 두고 지난 400년 동안 두 가문이 자존심 대결을 보여 왔다고 한다. 얼마 전 '좌 서애 우 학봉'으로 결정을 보았다. 수제자였던 풍산 유씨

가문의 서애 유성룡의 위패를 좌측에, 또 다른 수제자였던 의성 김씨 가문의 학봉 김성일의 위패를 우측에 모시기로 확정하였다.

강직한 선비의 신념과 가문의 영광을 지켜내야 할 임무가 내게는 없다. 그런데도 왼쪽 자리인 좌의정 자리 쪽만 바라보는 것은 유학자의 유전자를 이어받아 자리의 좌우를 염두에 두는지도 모르겠다. 우주를 넘나들고 영어를 상용하며 글로벌 경제를 사는 지금 정신과 검진을 받아야 할 상태가 아닐까? 자리에 앉을 때도 나는 아내의 왼쪽, 아내는 나의 오른쪽에 앉아야 편하다.

길을 걸을 때도 그렇다. 좌우가 바뀌면 우리는 자연스럽지 못해 서로 바꾸어 제자리로 가서 걷는다. 잠자리에 들 때도 이 법칙은 변하지 않는다. 바꾸어진 잠자리는 상상할 수도 없다. 자동차를 타고 아내와 동행할 때도 왼쪽 운전석 자리가 내 자리이다. 40여 년 동안 지켜 온 내 자리이다. 시내에서도 그렇지만 조금만 먼 거리를 갈 때 절대적으로 그 자리는 내 자리이다. 나와 아내의 생명을 책임져야 하는 중요한 자리이며 아내를 향한 나의 절대 권위의 상징이기도 한, 양보할 수도 포기할 수도 없는 왼쪽, 운전석 자리이다.

매년 3월 말은 우리 부부의 결혼기념일이다. 우린 이때가 되면 모든 형편과 사정을 접어놓고 여행을 떠나곤 했다. 그런데 금년에는 그렇게 할 수 없는 사정이 생겼다. 연초에 나의 왼쪽 눈에 사고가 생겨 수술을 받게 되었고 회복이 빠르지 못해 운전을 할 수 없게 되었다. 왼쪽 자리에 집념하여 살았는데 공교롭게도 왼쪽 눈의 고장으로 그 중요한 왼쪽 자리를 지킬 수 없게 된 것이다.

이것저것 보아야 할 일들은 아내가 다 다니며 처리해 주었다. 자동차로 갈 일이 생기면 그리도 고집스럽게 지켜 온 왼쪽 자리 운전대를 아내에게 넘겨주고 나는 오른쪽 자리로 밀려나야 했다. 그리고는 입만 가지고 그 자리의 권위를 행사하려고 했다. 너무 빨리 가고 있다느니, 차선을 지켜야 한다느니, 깜빡이등을 켜고 차선을 바꾸라느니. 실제로는 아내가 운전하고 있는데 전혀 도움이 안 되는 말로 군림하려고 한 것이다.

운전을 할 수 있었을 때는 그러지 않았었는데 실격사유를 가진 지금 왜 이러는지 모르겠다. 자리에 대한 아쉬움 때문인가. 분명히 아내에게는 잔소리에 불과했을 것이다. 그런데도 아내는 참 용케도 아무 반응 없이 조용히 운전만 하고 있다. 이제껏 운전해 주던 남편이 어려움을 당한 형편이 측은해서인지, 아니면 입이라도 살아서 옆에만 있어다오 하는 마음에서였는지, 그건 모르겠다.

침묵으로 차창 밖을 내다보며 이런 생각에 잠겨 보았다. 우리가 사는 사회의 모든 자리는 이런 속성을 가지고 있지 않은가. 누구든 젊은 시절 노력하고 투쟁하며 얻어낸 자신의 자리, 자신만이 가질 수 있는 자리, 아니 자신만이 가져야 한다고 확신했던 자리 하나쯤은 있었다. 그러나 그 자리에 걸맞는 사회적 위치와 특권을 포기해야 하는 연령이나 형편이 되었을 때, 계승하는 후계자들에게 권위적 훈계를 주기보다는 침묵으로 아름답게 바라보아야 하지 않겠는가. 내가 앉고 싶은 자리에 경쟁자가 앉게 되었을 때 그를 모함하고 흔들어 떨어뜨리려 하지 말아야 하고, 또 자리를 차지한 자는 그 자리를 지켜 내려고 온갖 방법과 계략을 동원하여 억지를 부리지도 말아야 한다.

침묵으로 회고하는 지난날은 아름다운 추억이 될 수 있을 것이나 미련과 아쉬움 때문에 하는 따끔한 말 한 마디는 상처만 주어 깊은 상흔으로 남을 것이다. 세상을 이끌어 온 추억들을 아름답게 남겨 두어야 내 인생 길을 아름답게 마무리 지을 수 있을 것이며, 그 세상을 이어 받는 젊은 후계자들을 대견스럽게 바라보고 침묵으로 밀어 주어야 앞으로 오는 세상이 더 아름답게 가꾸어질 것이다.

결혼기념일이 그냥 지나가는 것을 못내 아쉬워하며 아내는 가까운 곳으로 외출이라도 하자 했다. 두 시간이 채 안 걸리는 Lancaster City에 있는 California Poppy Reserve Park에 꽃구경을 가기로 했다. 왼쪽 운전석 자리는 아내에게 넘겨주고 나는 오른쪽 자리에 손님처럼 앉아서 아내에게 길 안내는 말로 하고 잘 볼 수 있는 오른쪽 눈으로는 마지막 나들이를 나온 사형수의 심정으로 주위 풍경을 휘둘러보곤 했다. 목적지 산허리와 들판에는 노란 Gold field꽃들이 바다를 이루고, 빨간 Poppy꽃들은 점점이 섬을 이루고 있었다. 이정표처럼 Fiddler's Neck꽃들이 곳곳에 일어서서 불어오는 봄바람에 잔잔한 파도를 이루며 출렁이고 있었다.

꽃 들판 사이 길을 따라 나는 왼쪽, 아내는 오른쪽에 서서 나란히 걸었다. 오랜 시간 꽃 들판을 걷는 동안 내 왼쪽자리를 되찾을 수 있어 행복했다. 사진도 많이 찍었다. 왼쪽 눈이 아직 불편하여 왼쪽 운전석 자리를 지키지 못하지만 오기를 참 잘했다고 고백했다.

자연의 웅장함과 아름다움은 육신의 질병이나 마음의 고통까지 압도하는 여유와 치유하는 능력을 가지고 있나 보다. 그렇게 고집스럽게 지켜오던 나의 왼쪽 자리 운전석을 지키지 못하고 넘겨주었는데도 빼앗겼다는 생각이 없다. 이제는 그 자리가 나만의 자리가 아니라 그 자리에 앉을 능력과 자격이 있는 사람의 자리라는 것을 깨닫게 되는 것이다. 내 임무를 감당하지 못할 때 당연히 그 자리는 능력자의 자리가 되어야 한다는 것을 깨달은 것이다.

세상의 모든 자리도 이렇듯 아름답고 행복하게 승계가 이루어진다면 살아볼만한 세상이 될 것이다. 내 자리를 고집하지도 말고 남의 자리를 탐하지도 않는다면 우리의 삶은 꽃 들판 같을 것이다. 들판에 살고 있는 꽃들은 서로 다투지 않고 전쟁 선포도 하지 않으면서 하늘이 허락하는 모든 혜택을 받아 누리며 함께 아름다운 꽃 들판을 이루고 있지 않은가.

잘된 사진을 골라 큰 캔버스에 옮겨 벽에 걸었더니 훌륭한 작품사진이 되었다. 사진 속에 넓게 펼쳐진 꽃 들판을 바라보니 미소가 피어오르고 행복하다. 한 달 후면 내 왼쪽 눈은 다시 잘 보이게 될 것이다. 그러면 내가 원하는 곳 어디든 왼쪽자리 운전석에 앉아 갈 수 있을 것이다. 나의 자리를 되찾는다고 아내가 항의하거나 싫어하지도 않을 것이다. 자리의 주인이 바뀐 것에 아무런 어려움과 잡음이 없을 것이다.

그러나 나는 왼쪽자리에 앉을 때부터 그 자리가 주는 책임을 감당해야 한다. 소중한 생명을 안전하게 지켜내야 하며, 직장에도 열심히 나가 생활의 안정을 보장해야 한다. 그리고 먼 거리를 갈 때는 그 왼쪽자리의 주인이 되어야 한다. 슬픈 일이나 기쁜 일이나, 참담한 심정이든 행복한 마음이든 나는 꼭 그 왼쪽자리 운전석을 잘 지켜내야 한다. 다시는 눈이나 몸이 상하는 일을 겪지 말아야 한다. 내 행복을 위해서가 아닌 오른쪽에 앉는 아내를 위해서도 그렇다.

그런데 사진 속 아내는 꽃 들판의 왼쪽 편에 앉아 있다. 이 사진의 왼쪽자리는 영원히 아내의 자리가 되었고, 꽃 들판은 그녀의 소유처럼 되었다. 왼쪽 자리를 잃었는데도 그녀가 밉지 않다. 빼앗아 오고 싶은 마음은 더더욱 없다. 마음속은 아름다운 꽃 들판이다.

(2009. 4.)

시계 탑

각종 시계가 범람하는 세상에 살고 있다. 어디를 가든 시계 볼 일은 없는데도 시간을 알기 위한 용도보다는 장식용으로 더 많이 사용되는 듯하다. 시계는 범람해도 시간을 지키고 역사를 읽으며 질적인 시간 개념을 터득하기는 수월치 않은가보다.

내 손목에서 시계가 풀려나간 지는 오래되었다. 그래도 시간을 아는데 아무런 불편을 느끼지 않고 약속시간을 지키는데도 지장이 없다. 그러나 주어진 시간을 질적으로 어떻게 쓰고 있느냐는 질문에는 두려움이 앞선다. 그래서 길거리에 설치된 시계탑이 좋아 보였는지도 모르겠다.

아침 운동은 갔던 길을 한 시간 동안 되돌아오는 것이다. 얼마 전부터 담 넘어 집 벽에 외부용 벽시계가 설치되었다. 통행인들을 위해서라기보다 장식용일 것이다. 그래도 나는 시계탑이라 부른다. 집에서 거기까지 20분, 거기서 목적지까지 다녀오면 또 20분, 그리고 집에 돌아오면 또 20분하여 60분 동안 아침 운동을 마치게 된다. 이제는 출발시간만 알면 길에서 누가 물어본대도 정확하게 시간을 말할 수 있게 되었다. 그 시계탑은 시간을 말해 주고 걸음의 속도를 조절해 준다. 그리고 매일 운동을 하라고 격려도 해 준다.

프라하의 구 도시 구역에 있는 옛 청사 건물에는 유명한 시계탑이 있다. 어릴 적 교과서에도 나오는 천문시계이다. 내가 갔을 때는 관광객이 너무 많아 보기가 쉽지 않았고 짧은 여정에 탑에 올라 시가 전경을 내려다보는 것도, 밤에 십여 분간 펼쳐지는 시계탑 불빛 쇼도 보지 못했다. 천동설을 믿고 자연의 이치를 조금씩 알아가던 1400년경에 만들어진 시계탑이다.

시계는 기독교 신앙을 기초로 예수의 열두 제자 조각상들이 줄지어 돌아가고 악마도 삐죽 내보이며 한 시간마다 종을 친다. 농경에 주력하는 농민들을 위해 별 자리와 12달의 변화를 알려 주는 시계판이 첨가된 아주 재미있는 시계탑이다. 지금은 관광용으로 외화벌이를 하고 있지만 당시만 해도 과학의 이치를 깨닫지 못하는 백성들을 깨우침의 세계로 이끄는 안내자 역할을 했다고 한다.

파리에 있는 대법원 건물의 시계탑은 세계에서 제일 오래된 것이라고 한다. 그 건물 안에는 11세기 당시 죄인을 고문하던 고문실도 있고 프랑스 샤를 5세를 위해 만들었다는 시계탑도 있다. 18세기 후반 프랑스 혁명이 종결되면서 혁명군의 재판 위원회가 열린 곳이기도 하다. 그 자리에서 시계탑은 인간성을 무시한 군주의 포악함과 그 인간성을 되찾으려 애쓴 백성들의 피흘림을 다 보아왔다. 인간의 존엄성과 누려야 할 자유가 얼마나 소중한가를 깨우쳐 주는 자유사상의 흐름을 주시해 온 것이다.

영국 템스 강 웨스트민스터 다리를 건너면 국회의사당 오른 쪽 성 스티븐슨 타워 꼭대기에 '빅 벤'이라 불리는 시계탑이 있다. 템스 강 건너편에서 바라보면 옷깃을 여미게 하는 장엄한 아름다움이 있다.

1856년, 대영제국이 영광을 누리던 빅토리아 여왕 시절 완공된 이 시계탑은 영국의 영욕을 굽어 본 산 증인이다. 얼마나 설계가 잘되었는지 150여 년 동안 단 2초의 오차밖에 나지 않았다고 한다. 영국의 영광은 스러졌어도 오늘까지 관광객의 탄성을 듣고 있는 시계탑은 현대 민주주의를 출산시킨 의사당을 옆에 끼고 템스 강과 함께 세계 민주주의의 흐름을 지켜보고 있다.

뉴욕 브로드웨이에 '타임스퀘어'라 불리는 명소가 있다. 1904년 <뉴욕 타임스> 본사가 들어오면서 붙여진 이름이다. 지금은 온갖 상점과 광고와 번쩍이는 불빛으로 도배된 이곳은 예술의 고장이기도 하지만 역시 돈의 맛을 아는 상혼이 깃든 곳이다. 여기에 ‘ONE TIME SQUARE’라 불리는 건물이 중앙 부분에 있다. <뉴욕 타임스> 본사 건물이었으나 지금은 비었고 온갖 광고 전광판이 번쩍이는 곳이다.

매해 연말 저녁이 되면 수많은 인파가 이곳에 모인다. 그 건물 꼭대기에서 떨어져 내려오는 ‘TIME BALL’을 보며 마지막 10초를 세는 카운트다운을 하기 위해서이다. 77피트 높이의 기둥에서 지름이 6피트나 되는 크리스털과 전등, 거울이 뒤섞여 화려하게 번쩍이는 구체가 꼭 10초 만에 바닥에 닿는다. 모여든 선남선녀들은 샴페인 병을 치켜들고 ‘three, two, one’을 외치고 환호하며 새해를 맞는다. 자본주의 국가에서 상혼으로 가득 채워진 사람들이 또 새해를 맞는 것이다. 온 세계가 바라보며 돈이 있어야겠다는 생각으로 밤잠을 설치게 되는 시간이기도 하다.

서울의 영등포에 복합쇼핑센터인 ‘영등포 타임 스퀘어’가 문을 열었단다. 유감스럽게도 아직 가보지 못했다. 5층 건물 꼭대기에는 녹색 식물들이 심겨 있는 아주 좋은 문화 시설을 갖추어 놓았다고 한다. 얼마 전 인터넷 뉴스에 기사가 올랐다. 25살의 여대생이 이곳에서 뛰어내려 자살을 했다는 것이다. 젊은이에게 생동감과 희망을 불어넣어야 할 곳에서 죽음을 보게 되다니 안타까운 일이다. 다른 곳에서는 많은 시계탑과 타임 스퀘어가 있어 인류 문명에 지대한 공헌을 하였는데 우리네 타임 스퀘어에서는 희망과 미래를 보여 주지 못하고 젊은이의 죽음을 보고 있다.

고대 그리스인들은 시간 개념을 세 가지로 분류 사용했다고 한다. 첫째는 Aion이다. 하루 24시간, 60분, 그런 시간 개념이다. 둘째는 Chronicus이다. 과거, 현재, 미래를 엮는 역사적 시간 개념이다. 셋째는 Kairos이다. 시작과 끝이 어떠해야 하는지 그 질적인 시간 개념이다. 사회가 점점 무질서해지고 있다. 약속시간을 지키는 것도 중요하지만 이 시간을 어떻게 써야 할지가 더 중요하겠다. 단체에서 봉사하는 것도 중요하지만 질서와 규칙을 지키는 것이 더 중요하다 하겠다. 설정된 질서를 무시하고 자신의 마음에 흡족한대로 행한다면 그 단체에 큰 어려움을 끼치게 될 것이다.

시계탑의 시간이 정확하듯 우리의 질서의식도 정확해야겠다. 우리가 지키고 있는 시계탑이 어떤 의미를 담아서 후세에게 보일지 지금 하기에 달렸다. 시계탑의 존재 의미는 그 아름다움보다 품고 있는 역사적 가치와 미래 지향적 사상에서 찾아야 할 것이다.

(2010. 12.)

가을 비

벌써 나흘째나 비가 내리고 있다. 보슬 비로 오더니 오늘은 제법 굵은 빗줄기가 되어 내린다. 이곳 남가주에는 철을 가릴 것 없이 비가 많이만 와 주면 좋다. 시월 초부터 비가 내리니 지난 우기 때처럼 비가 많이 오지 않을까 하는 바람을 갖게 된다.

어둑한 아침, 밖을 내다보니 금방은 비가 올 것 같지 않다. 아내는 심한 기침 감기로 인해 아직도 잠들어 있고 혼자 서성이는 아침은 썰렁하기만 하다. 짧은 바지에 얇은 방풍 옷을 하나 걸치고 여느 때처럼 운동 길에 나섰다. 목적지를 돌아오면 꼭 한 시간 길이다. 며칠 동안 비를 맞은 초목들은 생기를 찾은 듯 윤기도 나고 초록색도 짙어 보인다. 솔잎 사이로 춤추며 지나가는 검은 구름장들이 올려다 보인다.

목적지를 막 돌아 서는데 굵은 빗방울이 떨어지기 시작하더니 곧 줄기가 되어 땅을 두드리기 시작한다. 아직도 삼십 분을 더 가야 하는데 걱정이다. 모자챙에서 물방울이 떨어지기 시작하고 웃옷이 젖어오기 시작한다. 들판에 선 나무처럼 피할 곳이라고는 아무데도 없고 고스란히 비에 젖는 수밖에 없다. 그래도 집으로 돌아가야 하니 그대로 걸어야 한다. 집에 가면 따뜻한 물로 샤워할 수 있고 마른 옷으로 갈아입을 수 있다는 희망밖에는 도움을 얻을 수가 없다. 청소차가 천천히 지나가며 손을 흔들어 준다. 용감해 보이는 걸까, 아니면 처량해 보이는 걸까.

아무려면 어떠랴, 난 지금 돌아 갈 집이 있는데…. 속옷까지 젖어 들고 있지만 한기는 느껴지지 않는다. 거리로 보아 이제 5분만 더 가면 된다. 고개를 숙이고 열심히 팔을 저으며 걸었다.

앞에서 달려오는 자동차의 불빛이 번뜩이며 빗줄기를 비추어 준다. 그 불빛이 밝으니 빗줄기를 세어 볼 수도 있겠다. 지금은 그만큼 낭만적인 상황이 아니지만 '오가며 그 집 앞을 지나노라면…'하고 부르던 가곡의 노랫말이 떠오른다. 조용히 노래를 흥얼거리는데 젊은 시절의 그리움이 빗물처럼 가슴속을 헤치며 들어온다. 그들은 다 어디로 갔을까. 회색빛으로 찍힌 그 순간들이 다시는 돌아 올 수 없겠지. 세월도 지워내지 못한 빛바랜 그리움을 이 빗줄기가 씻어 주지는 못할망정 오히려 고랑을 이루어 철철

넘치게 하는구나.

'빵~빵~' 앞에 오던 차가 여러 번 소리를 지른다. 그제야 고개를 들고 보니 우리 차가 앞으로 다가오고 있다. 그리고 내 앞에서 멈추어 선다. 문을 열고 들어가니 아직 잠옷 바람의 아내가 앉아 있다. 감기 들면 어쩌려고 나왔느냐고 한참이나 나를 나무란다. 오늘은 그래도 듣기 싫지가 않다. 비 오는 들판에 홀로 걷는 기분이었는데, 아내를 만나고 나니 홀로가 아니라 위해 주는 동반자가 옆에 있음이 너무도 행복해 빗물이 아닌 물기가 눈가를 적셔 온다.

뜨거운 물에 샤워하고 마른 옷으로 갈아입은 후 내려오니 뜨끈한 '치킨 수프'가 준비되어 있다. 작은 닭 한 마리를 삶아 뼈를 골라내고 파를 송송 썰어 많이 넣고 매콤하게 끓인 국은 이럴 때 제일이다. 몸에 열기가 돌아오고 아내를 향한 고마운 마음이 밀려온다. 이것이 늙으며 쌓여가는 고운 정이로구나 하는 생각이 든다. 차가운 가을비일지라도 마음먹기 따라 뜨거운 온천물처럼 마음을 녹일 수 있나 보다.

(2010. 10.)

66

치아의 아름다움이 없으면
미소나 맑은 눈의 아름다움만으로는 미흡하다는 느낌이다.
깨끗하게 칠한 흰색 현관문은 창문과 함께
집을 더욱 아름다워 보이게 한다.
눈과 입은 둘 다 말을 하는데,
눈의 말에는 거짓이 없고 입의 말에는 거짓이 많다.
마음의 현관문인 치아를 거쳐 나오는 말이
거짓 없고 맑아야 아름다운 치아라 할 수 있을 것이다.

99

통증의 심리학

두려움으로 겁을 먹는 대상들 중 하나로 우선 통증을 꼽을 수 있겠다. 그 통증 중에서도 치통이 제일이어서 턱을 감싸 쥐고 긴긴 밤을 지새운 경험을 이야기하는 이들을 많이 본다. 그런데 실제로 겪는 통증은 정신적 두려움으로 인해 더 심하게 느껴지는 경우가 많다. 통증의 정도는 객관적이지 못하고 주관적이다. 때문에 같은 정도의 통증에 대한 반응은 개인마다 다르게 나타난다. 사람마다 겪는 마음의 통증도 마찬가지일 것이다. 많은 원인이 있겠지만 그 감지 정도는 개인마다 다를 것이니 남의 슬픔과 고통을 이해하고 참여한다기보다는 조금 나누어 가진다는 말이 옳을 것이다.

어느 날 새벽, 산책길에서 우리 집 강아지 록시가 또 토끼를 쫓아 숲속을 달리다가 돌아왔다. 록시는 용감하게도 선인장이 많은 숲속을 달렸던가 보다. 배에 다리에 얼굴에 온통 선인장 가시가 박혀 고슴도치처럼 되었는데도 멀쩡한 표정이다. 길가에 앉아 가시를 뽑아 주며 아프지 않느냐 물어도 가만히 있다. 통증을 모르는 것인지, 선인장에 가시가 있다는 것을 모르는 것인지… 나도 모르겠다.

얼마 전 집 주위 나무를 다듬다가 날카로운 팜트리 가시에 손가락을 찔렸는데 통증이 심했다. 손가락 마디에 깊이 박혀 있는 가시를 빼려는데 손가락이 움직이지 않았다. 굽힐 수가 없고 점점 뻣뻣해 오며 마비가 되었다. 순간 이 손가락을 못 쓰게 되는가 하는 두려움이 몰려왔다. 손가락을 못 쓰게 되면 내 직업을 포기해야 되니 두려움은 배가되었다. 굵고 날카로운 가시를 빼내고 몇 분이 지나자 서서히 감각이 돌아왔다. 동양 침의 원리가 이런 데 있는 건지도 모르겠다.

어릴 적 나는 소심한 아이였는데도 장난이 심했다. 여섯 살 무렵일 것이다. 장마철 폭풍에 전깃줄이 끊어져 젖은 땅에 떨어져 있었다. 왼손에 개구리 한 마리를 잡아들고 오른손으로는 전깃줄을 집어서 개구리를 혼내 주려고 개구리 배에 가져다 대었다. 순간 개구리와 나는 동시에 땅바닥을 구르며 쓰러졌다. 그것이 고압선이었다면 난 지금 이 글을 쓰고 있지 못할 것이다. 지금까지도 전기 문제에 한해서는 근처에도 가기를 두려워하는 병보다 심한 지병을 가지고 산다.

그런데 이 지병보다 더 두려운 것이 우리의 주위에 있는 사람일 때가 있다. 변명할 길이 없는 오해를 덮어쓰거나 빠져 나올 수 없는 함정에 빠지게 되면 가슴이 답답한 통증이 온다. 힘써 얻은 재물을 사기 당하면 내장이 끊어지는 듯한 통증이 온다. 가족 같던 친구의 배신에는 다리에 힘이 빠지고 마음이 저리는 통증이 밀려온다. 인생 말년에 이런 경우를 당할까 두려워 소심해지는 노인들을 흔하게 본다. 두려움의 원인 중 신체의 통증보다는 인간관계의 파괴로 오는 마음의 통증이 더 크다 할 수도 있겠다.

남녀노소를 막론하고 치과 병원에 와서 제일 두려워하는 것은 주사 바늘일 것이다. 아이들은 보기만 해도 울고, 어른들도 바늘을 빼고 보면 눈가에 눈물이 고여 있는 경우를 종종 본다. 입안의 부위마다 통증의 정도는 다르나 두려움은 동일한 것이다. 머리에 가까운 부위일수록 두려움은 더 큰 법이어서 입안에 주사 바늘이 들어갈 때는 두려움이 실제 통증을 압도한다.

만약 어린아이가 치과에서 강압적으로 주사를 맞거나 시술을 받는다면 그는 평생을 두고 치과 두려움증에서 헤어나지 못할 것이다. 대체로 내가 경험한 바에 의하면 여자보다는 남자가, 야윈 사람보다는 비대한 사람들이 두려움이 더욱 심한 것 같다.

'치과에 가면 아프다.'는 생각을 '치과를 두려워한다.'는 마음으로 바꾸어보라. 큰 주사기를 든 악마처럼 보이던 의사가 친절하게 웃음으로 대한다면 어느 날부터 잘 생긴 악마쯤로 보이게 될 것이다. 보기 싫던 악마도 자꾸 보면 천사처럼 보이게 되는 날이 올 수도 있지 않을까.

'물에 비치는 얼굴이 똑같은 것처럼 사람의 마음도 서로 비치느니라.' 치료비가 적게 드는 병원만을 찾아 헤매기보다 환자의 마음을 헤아릴 수 있는 의사를 찾아 가족 같은 관계를 맺는다면 두려움도 점차 사라질 것이다.

(2009. 10.)

잇몸으로 산다

'인생길은 순탄치 못하다'는 말이 사실인가보다. 하얀 색깔을 띠고 태어난 치아가 제 수명을 다하지 못하고 퇴출되는 경우가 많으니 말이다. 어쨌든 남는 것은 잇몸뿐이니 그것으로 살 수밖에 없는데, 그러자니 잇몸의 기능만으로 살든가 아니면 잇몸을 의지한 도구를 사용하는 수밖에 없다. 그 때부터 삶은 불편과 고통을 감수해야 하는 원치 않는 삶이 되는 것이다.

오래 전 30대 초반인 미모의 백인 여성이 달랑 잇몸만 가지고 찾아왔다. 그녀는 너무 일찍 모든 치아를 잃어버렸다. 잘 맞는 틀니를 만들어 끼던 날, 그녀는 새로 태어난 듯 기쁨과 만족감을 안고 떠났다. 그 후로도 그녀는 잊지 않고 몇 년 동안 감사의 표시를 전해 왔다.

내가 어릴 때만 해도 이가 없어 호물락 입이 된 노인들을 흔히 볼 수 있었다. 그분들은 생 잇몸으로 살 수밖에 없었지만 지금은 치아를 대신할 수 있는 기술들이 발달했으니 좋은 세상이다. 치아를 잃게 되는 원인으로는 충치나 잇몸병, 사고 등이 있다. 잇몸도 몸의 일부이니 살과 뼈로 구성되었고 뼈가 없으면 살은 물러앉게 마련이다.

어떤 경우든 뼈가 든든히 남아 있으면 치아를 대체할 방법들이 있다. 고정 틀니로써 크라운 브리지를 해 넣을 수도 있고 부분 틀니나 완전 틀니로 해 넣을 수도 있다. 더 나아가 최신 기술로 시술되고 있는 치아 이식은 더 좋은 방법이 될 수도 있다. 그러나 이 모든 시술 방법들은 조건충족이라는 한도 내에서 이루어진다. 언젠가는 줄기세포를 이용하여 새 치아가 돋게 될 수도 있을 것이라니 기대해 볼만하다.

의술의 기술적인 면이야 어떠하든 혜택받는 사람의 마음이 문제일 것이다. 치과의사는 기능을 어느 정도 발휘하도록 도와주는 것인데, 어떤 분들은 원래의 치아처럼 되기를 기대하고 또 유지 관리를 게을리하여 따라오는 결과에 대해 실망하는 경우가 적지 않다.

어느 한인 노인 한 분은 서너 개 남은 치아를 뽑고 완전 틀니를 해 넣었다. 삼일 후 그분은 잘 되지도 않을 것을 왜 시작했느냐며 역정을 내셨다. 시술 전에 했던 설명은 다 지워 버린 채 당장의 고통에만 분노하는 것이었다. 적당한 기다림이 결여되어 우물가에서 숭늉 찾는 격이었다.

내가 치과대학 학생 때 일이다. 틀니 만드는 과정 중 제일 마지막 단계로서 왁스 잇몸에다 이를 심은 중도 틀니를 환자의 입에 넣어 잘 맞는지를 확인하는 과정이 있다. 확인 후 나와 환자는 모두 흥분되어 그 틀니를 빼는 것을 잊었고, 환자는 돌아갔다. 얼마 후 틀니를 찾던 나는 환자와 연락이 되지 않아 속을 태웠다. 두어 시간 후 되돌아 온 환자는 다 녹은 왁스 틀니를 내놓으며 웃었다. 고급 식당에서 점심으로 뜨거운 수프를 먹고 있는데 틀니의 왁스가 흐물흐물 녹으며 플라스틱 이빨들이 수프 그릇으로 주르륵 떨어져 내렸다는 것이다. 황당한 경우인데도 그분은 웃으며 자신이 실수했다는 사과 또한 잊지 않았다. 나는 더 정성껏 마무리하여 그 백인 할머니를 기쁘게 해 드렸다. 잇몸으로 사는 데는 고통이 있고 인내심이 요구되며 별별 예기치 않은 일들이 생기는가보다.

경기가 나빠 잇몸으로 사는 듯하다고 한숨들이다. 이럴 때일수록 사는 방법과 지혜를 터득하여 서로에게 활력을 넣어 주면 좋겠다. 친절로 좋은 상품을 소개하며, 이해와 인내로써 타당한 결과를 끌어내는 지혜를 찾는다면 더욱 좋을 것이다. 상도와 상관없이 그것이 사람 사는 원칙이라 생각한다.

"대접을 받고자 하는 대로 남을 먼저 대접하라."는 말씀이 생각나는 아침이다.

(2009. 7.)

삶도 부드러운 칫솔처럼

굳은 살 박힌 내 손을 만져보고, 지문이 다 닳아 없어진 아내의 손을 잡아 보며 우리에게도 부드러운 손을 가졌던 시절이 있었나 싶어 그리움이 앞선다. 부드러운 마음으로 살고 싶었는데 우리의 손마냥 딱딱하게 굳은 마음으로 다른 이들에게 상처 주며 이제껏 살지 않았나 싶어 가슴이 저려온다.

아마도 관광 가이드들의 우스개일 것이다. 어느 지인의 수필에 자이언 캐년에 다녀온 이야기가 있었다. 공자와 예수가 내기 바둑을 두었단다. 그런데 공자가 져서 약속대로 빗자루를 들고 맞은 편 바위산을 청소했단다. 그 빗질 자리가 남은 것이 자이언 캐년의 산 무늬 모양이라는 것이다. 얼마나 강하고 뻣뻣한 빗자루로 쓸었으면 그렇게 깊이 상처 자리가 남았단 말인가. 물리적

으로 강한 물질은 상대적으로 약한 물질을 상하게 하는 것이 자연
의 이치이다. 인간 세계에서도 물리적 힘을 가진 자들이 상대적
으로 약한 자를 정복하여 지배하고 깊은 상처를 입히는 것이 당연
지사인 것처럼, 그런 역사를 만들며 살아 왔다.

　우리는 매일 칫솔질을 한다. 그러나 공자가 산을 빗질하듯이
그렇게 뻣뻣한 칫솔로 이를 닦다가는 치아는 모두 자이언 캐넌의
돌산처럼 될 것이다. 많은 사람들이 이가 시려 찬물 더운물을 못
마시겠다, 찬바람이 들어가면 이가 시려 아프다며 치과를 찾는
다. 다른 경우도 있지만 대개의 경우 치아와 잇몸이 만나는 부분
에 쐐기 모양의 깊이 파인 칫솔질 자국을 보게 된다. 공자의 빗자
루처럼 뻣뻣한 칫솔을 사용했음에 틀림없다.

　그 부분은 치아의 에나멜 물질과 뿌리 부분의 연한 시멘텀 물
질이 만나는 경계로서 이를 닦을 때마다 칫솔 털이 그 사이를 파
고 들어가 깊은 상처를 입히는 것이다. 치아 속을 흐르는 신경계
와 외부와의 두께가 얇아진 그 부분은 온냉의 자극을 막지 못하므
로 이가 시리고 통증과 염증을 동반하며, 심하면 소위 신경치료
라는 극단의 처치를 해야 할 경우도 있다. 우리의 치아를 자이언
캐넌의 돌산처럼 관광용으로 삼을 일은 없을 것이니 부드러운 칫
솔을 사용하여 부드럽고 짧게 문지르듯 닦아야 좋을 것이다. 칫
솔을 살 때 '소프트칫솔'을 선택하고 '하드칫솔'은 피하는 것이

도움이 된다.

삼천여 년 전 이집트에서는 나뭇가지 끝을 납작하게 다져서 부드럽게 펼치고 그것으로 문질러 이를 닦았다고 한다. 쇠뿔을 깎아 자루를 만들고 돼지털을 매달아 쓰기도 했고 그 털이 너무 뻣뻣하여 더 부드러운 말의 털을 쓰게 되었고, 부자들은 고급스럽게 상아로 자루를 만들었다고 한다. 20세기 초에 들어 와서야 나일론 털을 쓰기 시작했고, 질과 모양과 색깔이 변천하여 지금에 이르렀다. 어느 회사의 제품인가 상관없이 내 기호에 맞는 모양과 색깔을 선택하되 '소프트 투스 브러시'를 선택하면 좋을 것이다.

굳은살이 박히고 지문도 지워진 뻣뻣한 손을 가졌을지라도 마음만은 부드러워 다른 이들을 상처 주지 않는 삶을 살면 좋겠다. 억세게 살지 못하니 물질적 손해는 있을지 모르나 한평생 사는 기쁨과 보람은 있을 것이다.

"온유한 자는 복이 있나니 저희가 땅을 기업으로 받을 것이요" 라는 말씀이 소망이 되어 다가온다.

치우며 산다

　　　　　　　　생명체는 자신의 생명유지를 위해 어떤 형태로든 신진대사를 한다. 그리고 타 생명체에 이롭든 해롭든 영향을 끼치는 부산물을 배출한다. 인간들도 예외일 수는 없을 것이다. 더욱이 자신의 정신세계를 유지하며 많은 부산물을 배출할 것인데, 이것이 해로운 방향일 때는 그 피해가 치명적일 수도 있을 것이다. 이러한 물질적, 정신적 해로운 부산물을 치워내며 사는 것이 인간에게 주어진 숙명적 과제인지도 모르겠다.

　　오렌지카운티 레지스터(2009. 8. 2.) 신문에 의하면, 2003년 일 년 동안 가주의 가정집들에서 버려진 쓰레기가 940만 톤이었다고 한다. 2008년에는 58%의 쓰레기가 재생하는 과정으로 보내졌는데 적어도 75%는 재생품 처리장으로 가야 한다고 한다. 적어도 410만 톤의 유기물류, 200만 톤의 종이류, 92만 톤의 플라스틱류, 26만 톤의 유리류, 61만 톤의 깡통류, 19만 톤의 전자

제품 류가 해마다 쏟아져 나오고 있다. 사람들의 삶의 신진대사를 하며 내놓은 부산물들이다. 이렇게 내놓지 않으면 인간 생명 유지가 어려움을 겪을 것이니 여기서 깊은 딜레마에 빠지게 된다.

온 지구가 쓰레기로 덮이고 있다. 골짜기와 빈터를 메우고 그 위에 집도 지을 것이다. 유기물질이야 부식되겠지만 그 외의 것들이 재생 처리되지 않고 땅에 묻힌다고 생각하면 끔찍한 일이다. 그래서 환경론자들이 열심히 일하고 있는 것이다. 지구 환경 문제라는 큰 제목 밑에 작은 부분인 쓰레기 문제도 간과할 수 없는 큰 문제임에 틀림없다.

차이가 조금은 있겠지만 사람 구강의 크기는 대동소이할 것이다. 대개 찻잔 반만큼의 물이면 입속을 가득 채울 수 있다. 이 작은 공간이 음식을 침과 섞어 소화를 시작하는 곳이다. 분해된 음식물이 침에서 나오는 화학물질과 섞여 또 다른 물질로 변해 남아 있기도 한다. 그 물질을 음식으로 삼아 수많은 박테리아가 활동하는 곳도 이 작은 공간이다. 눈에 안 보이는 100여 종의 다른 박테리아가 쓰레기더미처럼 쌓여 쉬지 않고 신진대사를 하는 것이다. 인체 중 가장 더러운 곳이라 할 만하다.

이들이 신진대사를 하며 내놓는 산성의 부산물은 잇몸과 뼈를 녹이고 그 결과로 인해 심한 악취가 나게 한다. 여러 가지 합성된 작용으로 인해 치아의 주위에 노폐물이 축적되면 박테리아의 서

식처가 된다. 플라그가 잇몸 속으로 끼어들고 오랜 기간 동안 남아 있으면 돌처럼 딱딱한 치석(calculus)으로 변한다. 치석은 뿌리를 따라 내려가며 커져 잇몸 뼈를 녹아내리게 하고, 잇몸이 빨갛게 붓고 피가 나며 악취도 나게 한다.

치료는 한 가지뿐이다. 이거다 저거다 하는 약장수 같은 말에 현혹되지 말아야 한다. 가정집에서 그 많은 쓰레기를 치워내듯이 입안에서 박테리아를 자주 씻어내고 치아의 주위에 축적된 치석을 기구를 사용해 긁어내야 하는 것이다. 그래서 칫솔질을 자주 해야 하고 치과에 가서 스켈링(scaling)을 해야 한다. 입안의 쓰레기를 치우는 것도 내 인생 과제라 여기고 게으르지 말아야한다.

나 자신의 부족이나 게으름으로 생긴 결과를 놓고 남을 원망하는 것은 내 쓰레기를 치우는 데 게으른 것이다. 자신의 이익과 연결하여 자신의 생각만 옳다고 고집하는 일은 쓰레기 치우기를 거절하는 일이다. 인간 사회에 가득 쌓여 있는 갈등과 분쟁이라는 쓰레기는 누가 어떻게 치워낼 수 있을지 모르겠다. 사람마다 먼저 자신의 것을 치워야 할 것이다.

"네 눈 속에서 들보를 빼어라. 그 후에야 밝히 보고 형제의 눈에서 티를 빼리라."

쓰레기 치우는 문제는 예나 지금이나 내가 먼저 해야 하는 일인가보다.

(2009. 8.)

삶의 냄새

　　　　　　모든 생명체는 특유의 냄새를 가지고 있다. 사람도 예외일 수는 없다. 한국인은 미국인에게서 노린내가 난다고 하고, 미국인은 한국인에게서 김치 된장 냄새가 난다고 한다. 체내에 스민 냄새를 닦아낼 수도 없으니 이쪽저쪽에게 서로 속일 수 있는 방법은 향수를 바르는 것이요 원천적으로는 냄새의 근원을 제거해야 하는 것이다. 음식이 들어가는 부분도 배설하는 부분도 깨끗이 하면서 몸을 씻어 분비물을 제거하고 청결한 생활 습관과 환경을 가지면 많은 부분의 냄새를 줄일 수 있다. 민족 전통의 음식이야 먹을 수밖에 없지만 상대에게 혐오감을 주지 않도록 주의해야 할 것이다.

　해 뜨기 전 이른 아침, 나는 뒤뜰에 핀 여러 색깔의 장미꽃들을 들여다보기도 하고 꽃송이에 코를 대고 향기로운 냄새를 맡으며 상쾌한 하루를 시작한다. 그리고 강아지 '록시'와 함께 아침운동을 나간다. 어느 날 산길에 큰 코요테 한 마리가 앞서 지나갔다. 록시는 미친 듯이 코를 땅에 대고 냄새를 맡으며 달려가려 했다. 잘 훈련된 록시도 통제 불능이 되는 순간이었다. 도대체 무슨 냄새가 나기에 저런다는 말인가. 아마도 특수한 냄새를 발하고 있는가보다. 장미꽃처럼 좋은 냄새인지 아니면 역겨운 냄새인지 록시에게 물을 수도 없어 더욱 궁금했었다.

오래 전 RV차를 운전해 대륙 횡단을 한 일이 있다. 하루는 일찍 KOA에 들어가 쉬기로 했다. 아내가 길가에서 뜯은 씀바귀를 씻어 된장국을 끓였다. 얼마 후 옆에 차를 대고 있던 잘 생긴 백인 남자가 찾아왔다. 말인즉 자기는 한국에 군인으로 갔다 왔기 때문에 그 냄새를 좋아하지만 자기의 아내가 좋아하지 않는다는 것이었다. 아주 젊잖게 웃으며 건네는 말이었다. 아마도 그날 저녁 온 KOA에 이 냄새가 퍼졌을 것이다. 이민 초기에 부주의했던 씁쓸한 경험이다.

어느 날 60대 여성이 화려한 옷차림으로 진료실에 들어 왔다. 얼마나 강한 향수를 뿌렸는지 마스크 속에 종이를 몇 겹으로 접어 넣어도 그 냄새를 막을 수 없었다. 더한 것은 그녀가 누워서 입을 벌렸을 때 났던 고약한 냄새는 나를 벌떡 일어나게 했다.

구강의 냄새는 주로 몇 가지 원인에서 온다. 음식물의 냄새,

입안에 축적된 치석으로 인한 조직의 괴멸에서 오는 냄새, 심한 충치에서 오는 냄새, 혀의 돌기 사이에 남아 축적된 냄새, 위장에서 올라오는 냄새, 담배나 커피 등으로 인한 냄새 등등이다. 주로 입으로 들어가는 음식물이 원인이 된다. 아무리 강한 구강 세척제로 씻어내도 잠시뿐이고 냄새는 가시지 않는다. 그러므로 치과에 가서 치아의 뿌리 깊은 데까지 긁어내되 잇몸의 검붉은 피를 제거하여 선명한 맑은 피가 나도록 해야 한다. 냄새의 근원이 거기에 있기 때문이다. 충치가 있으면 더 커지기 전에 치료해야 한다. 충치는 저절로 완치될 수 없다. 혓바닥에 붙은 찌꺼기는 칫솔로 박박 문질러 닦되 혀뿌리가 있는 깊은 데까지 닦아야 한다. 입 냄새의 주원인처이다. 담배나 커피는 누렇게 색을 남겨 치아의 표면을 거칠게 하고 이물질이 들러붙어 냄새를 나게 한다.

공중 장소에서는 트림을 삼가야 한다. 이러한 입 냄새로 인해 사교생활에 지장을 초래하지 말아야 하기 때문이다. 껌이나 사탕을 입에 넣는 것도 임시방편으로 좋을 것이다. 위장에 문제가 있다면 내과의를 찾아야 할 것이다.

인생살이에서 나는 나쁜 냄새도 포장하여 감추기보다 그 원인을 제거하는 것이 좋겠다. 악취보다는 좋은 향기를 입으로 발하면서 살 수 있다면 더욱 좋은 일이다.

"의인의 입술은 기쁘게 할 것을 알거니와 악인의 입은 패역을 말하느니라."

　입안을 잘 관리하여 청결히 하고 다른 이들에게 폐가 되지 않
도록 주의해야 함은 물론이거니와 내 입에서 나가는 말이 향기를
발하면 얼마나 좋을까.

(2009. 9.)

입 안의 가뭄

가뭄이 수년째 계속되고 있다. 우리가 사는 나성 지역은 뒤따라오는 산불로 인해 심한 고통까지 겪고 있다. 다른 지역 같으면 비가 오래 오지 않으면 가뭄이라 하겠지만 여기처럼 원래 비가 적은 곳은 물 부족량을 측정하고 그 영향 받는 지역의 면적을 헤아려 본 후 가뭄이라 판단해야 할 것이다. 농작물과 가축의 피해, 심하면 식용수의 부족까지 이르며, 더 두려운 것은 산불이 나서 불이 덮쳐 올 때 방화수로 사용해야 할 물이 절대 부족하다는 사실이다. 한 차원 더 나아 간다면 인간의 영양실조와 탈수증까지도 올 수 있다.

집 바로 뒤에 높지 않은 산이 있어 운동 삼아 자주 오르곤 한다. 산꼭대기에 오르면 댐을 쌓아 만든 저수지가 있는데, 오륙 년 전만 해도 수문을 덮을 만큼 물이 가득 차 있었다. 요즈음은 수문

바닥의 땅이 노출되고 저수지 둘레로 넓게 맨 땅이 드러났다. 양쪽 가의 드러난 땅은 물을 건너 거의 맞닿으려 한다. 이제껏 물속에만 있어 허옇게 죽은 나무줄기들이 생명의 땅으로 환생한 듯해녀의 휘파람 같은 소리를 내곤 한다. 물 밖으로 던져진 땅 위에는 또 다른 생명들이 무작위로 파랗게 돋아나고 있다. 훨훨 날갯짓하며 즐기던 새들도 좁아진 수면 위에 날개를 접고 피로한 듯 앉아 있다. 아름답던 산정 호수가 말라가고 있는 것이다. 이 호수가 전과 같이 채워지려면 겨울 내내 장대비를 퍼부어야 할 듯하다.

뒤뜰에 자몽나무 한 그루가 있는데 10년도 넘게 자란 과수이다. 매해 100여 개의 자몽이 열리는데 알이 크고 달아 플로리다산 자몽보다 더 맛있다며 즐기곤 했다. 그런데 작년부터 잎이 누렇게 변하고 알도 작아지고 나무 전체가 마르기 시작했다. 과일은 포기하더라도 나무를 살려야겠는데 걱정이 크다. 잎이 달린 가지를 잘라 관계처에 가서 물었더니 물 부족이 원인이니 물을 많이 주라고 한다. 절수 명령이 내려져 있는데 물을 많이 주라니…. 친구에게 물었더니 그게 아니라 작은 박테리아 같은 벌레가 서식할 것이니 약을 치라고 한다. 약을 사다 치고 물도 눈치껏 주면서 나무가 살아나주기를 기다리고 있다.

연세가 어느 정도 드신 환자 분들이 찾아오면 대부분이 입안이 마르는데 병이 아니냐고 묻는다. 입 안이 말라 허옇게 되기도 하고 안쪽 볼이 마르며 터지기도 한다. 목이 말라 목구멍이 달라붙는 것 같아서 말을 계속 할 수 없다며 하소연을 하신다. 그런데 이런 증상은 누구에게나 올 수 있는 것이다.

노화현상으로 몸의 각종 분비물이 줄어들고 침샘의 기능도 저하되어 생산을 줄이거나 멈추게 되고 입안이 마르는 것이다. 그 외에 질병에 속하는 이유들도 있겠지만 입안이 마름은 침샘이 말라가는 증상일 뿐이다. 입안에도 가뭄의 계절이 오고 있는 것이다.

이것으로 인해 입 냄새가 더 심하고 충치도 더 심해질 수 있다. 침의 양이 적어 적셔 주지 못하고 씻어내지 못하기 때문이다. 가뭄에 비 오는 것이 제일이듯 물을 많이 마셔 입안을 축여 주고 입가심을 자주하여 노폐물을 씻어내야 입 안을 건강하게 유지할 수 있다.

꽃잎들이 지기 시작한다. 좀 더 있으면 나뭇잎도 누렇게 변할 것이다. 계절이 변하며 세월이 가고 있기 때문이다. 자연의 법칙은 아무도 막을 수가 없다. 장미꽃처럼 아름답던 젊은 시절이 지나가고 마른 잎 같은 노년의 계절로 가는 길은 고통스럽고 외로울 것이나 누구나 겪어야 할 자연의 법칙이다. 아름답던 붉은 입술이 마르고 터지더라도 마음에 감사함으로 가득하면 그 영혼은 물가에 심긴 나무와 같을 것이다.

"고운 것도 거짓되고 아름다운 것도 헛되나 오직 여호와를 경외하는 여자는 칭찬을 받을 것이라."

입안에 오는 가뭄을 지나치게 염려하기보다는 영혼에 밀려오는 가뭄을 더 걱정해야 할 계절이 오는가보다.

(2009. 9.)

구두로 들어 간 자동차 키

사람은 나이가 많아질수록 건망증이 심해진다고 한다. 일상에서 건망증이 기승을 부리는 것은 나이 탓이라 하더라도 의식의 중심에서 일어나는 망각증세는 더 걱정일 수가 있다. 기억해 두어야 할 대의명분은 헌신짝처럼 잊히고 개인의 손익에 관한 일은 날이 갈수록 새로워진다. 섭섭한 감정은 죽어도 잊히지 않고 감사함을 표해야 할 이성적 결단은 아침이슬의 사라짐같이 잊힌다. 일상 중에 오는 건망증은 준비와 연습으로 줄여가고 영혼을 해하기까지 쌓여 오는 망각증세는 독서와 명상으로 성찰의 길을 가야 할 것이다.

이른 아침 커피를 준비하는 일은 내 몫이다. 필터를 끼우고 커피 세 스푼을 넣고 물 네 컵을 부은 후 스위치만 누르면 끝이다. 그날도 그렇게 하고 잠시 후 돌아와 보니 커피 가루가 지천으로 흩어져 있다. 필터 끼우는 것을 잊었던 것이다. 청소하고 다시 시작해야 하는 번거로움에 그 아침은 우울했다.

퇴근시간이 되어 병원 문을 단단히 잠그고 30여 분 자동차를 몰면 집에 당도한다. 거의 집에 왔는데 불안한 생각이 든다. 내가 전등과 에어컨을 끄고 왔는지 확실치가 않다. 다음 날 아침까지도 불이 켜져 있고 에어컨이 돌아간 일들이 있어서이다. 한 달에 몇 번만 그러고 나면 전기 고지서의 액수가 달라진다. 차를 돌려 병원으로 돌아가 문을 열고 확인하는데, 대개의 경우 잘 꺼져 있다. 그러나 건망증에 대한 두려움이 불쑥거려 확인해야 마음이 편하다. 나이가 많아질수록 더 심해지고 남자보다 여자들에게 더 심하다고 한다. 심지어 어떤 부인은 통화 후 전화기를 냉장고에 넣고 하루종일 찾았다는 이야기도 있다.

얼마 전 차의 키를 찾을 수가 없었다. 아내가 차를 쓰고 왔는데 그 다음부터 키가 없다. 온 방을 뒤져도 찾지 못했다. 한 달쯤 후 신발장에서 구두를 꺼내던 아내가 웃으며 키를 내놓았다. 키는 그 구두 속에 들어 있었다.

내 칼럼을 읽는 독자라며 나를 찾는 전화가 걸려 왔다. 군대 동기생 함부형이라는 사람이었다. 내 이름과 군대 복무처가 칼럼에서 확인된 후 더 기다릴 수 없어 전화했단다. 제대 후 41년 만이기 때문이다. "너, 나한테 반말하면 사람들이 욕하겠다." 고 흰

머리를 쓸어 올리며 내 모습을 부러워하는 그에게서 젊은 보라매의 모습을 그려 낼 수 있었다. 기억해야 할 이름과 얼굴들이 빨리 떠오르지 않아 민망했다. 제대 후 긴 세월 동안 그들을 잊고 이민 생활에 몰두했기 때문이라고 자위했다. 동기생들은 기억났지만 선후 동료들은 며칠 후에야 얼굴이 떠오르는 것이었다.

자주 사용하지 않는 뇌세포에 저장된 기억은 살리기가 수월치 않고 그냥 망각의 길로 가게 되는가보다. 나이가 들수록 더 읽고, 만나고, 대화하여 추억을 살려내기를 반복하는 활동적 생활을 해야 한다. 뇌세포 사용을 증가시켜야 건망증을 줄이고 망각과 치매를 막는데 도움이 되겠다고 생각해 본다.

환자들이 진료 예약을 지키지 못하는 이유 중 하나가 건망증 때문이다. 사실일 수도 있고 핑계일 수도 있다. 예약카드를 써주고 미리 전화를 해 주어도 잊어 버렸단다. 진료를 거부하는 투쟁까지 하며 그런 환자들의 못된 습관을 고쳐 주기도 한다. 밤을 지새우던 통증을 해결해 주고 나면 후속 진료에 나타나지 않는 통증 건망증도 있다. 사람은 빨리 괴로움을 잊고 편안함에 안주하려는 속성이 있는가보다. 그러다 병을 키워 치아를 잃어버리는 경우가 많은 것을 보니 이 경우의 건망증은 필요악이다.

잊어야 할 것과 잊지 말아야 할 것을 잘 분별할 수 있다면 보람된 삶을 살 수 있지 않을까? 잊어야 할 것을 잊는 것은 빠를수록 좋겠고, 잊지 말아야 할 것을 잊지 않는 것은 오래일수록 좋겠다.

"마음의 즐거움은 양약이라도 심령의 근심은 뼈로 마르게 하느니라."

비록 구두 속에 열쇠를 넣고 한 달 동안 찾지 못하는 경우가 생길지라도 마음에는 은혜와 감사를 매일 새롭게 하고, 원한과 섭섭함에 대해서는 건망증에 걸려 살 수만 있다면 참 좋겠다.

(2009. 11.)

맞춤복 같은 치아

누구나 자기만의 개성미를 갖고 있다 지만 외모를 잘 꾸밈으로 더 돋보이게 할 수도 있다. 동일 회사의 제품을 착용할지라도 각자의 개성이 달라 고가의 옷을 입어도 촌스러울 수 있고 세일하는 품목의 옷을 입어도 고급스럽게 보일 수가 있다. 가격표에 상관없이 잘 어울리는 옷을 입는다면 자신의 개성에 자신감을 갖게 되듯 손상된 치아의 아름다움을 회복한 환자들도 마찬가지다.

옷장에 오래된 겨울 코트 한 벌이 늘 그 자리에 걸려 있다. 겨울철이 되고 총각 시절이 그리워지면 한 번 걸쳐 보곤 하는 코트이다. 미국 올 때 귀하게 싸 가지고 왔다. 이 코트는 새마을운동으로 날이면 날마다 재건을 외쳐도 살기 어렵던 시절, 신참내기 월급쟁이가 조금씩 떼어 저축했다가 어느 늦가을에 겨울 코트 한

벌을 맞추어 입었다. 일해서 얻은 수입으로 맞추어 입은 첫 번째 코트였다. 당시 최고급이던 까만 모직 천에 빨간 털 내피를 달고 있는데 내 몸에도 꼭 맞았다. 나는 어찌나 흡족한지 겨울 한 철은 자신 있게 어깨를 펴고 다니며 자랑스러워했다.

어디 가서 코트를 벗을 일이 있으면 옷을 뒤집어 빨간 털이 내 보이도록 접어놓을 만큼 우쭐했었다. 철없던 시절 좋은 코트를 얻은 기쁨을 너무 노골적으로 나타낸 것이다. 그런데 외모에 변화를 줌으로써 오히려 내면에 자신감과 적극성을 갖게 된 경우이다.

미국 생활을 처음 시작했을 때 가장 괴로운 일 중 하나는 몸에 맞는 옷을 구할 수 없다는 것이었다. 길고 큰 옷을 사서 아내의 손을 빌려 여기 자르고 저기 꿰매어 왜소한 체격에 엉성한 맞춤복을 해 입은 듯 너절한 모습을 거울에 비춰 보며 옛적 보라매의 푸른 제복을 입던 때를 그리워하지 않을 수 없었다. 나는 대한민국 공군 의무병으로 항공의료원에서 복무했다. 지급 받은 푸른 제복을 수선집에 가져가 맞춤옷처럼 해 입곤 했다.

푸른 제복에 짙은 청색 넥타이를 휘감고 모자는 한쪽으로 삐딱하게 쓴 후 코트를 팔에 걸치고 외출하는 주말은 참 즐거웠다. 길을 걸을 때면 골목 어귀에서 휘파람 소리가 들리곤 했다. 제복의 경쾌함이 주는 젊은이의 자신감이 있었다. 덕수궁 돌담길을 걸으며 희망찬 미래를 꿈꾸곤 했는데, 거울에 비친 초라한 지금의 모습은 나를 괴롭혔다. 아내의 정성스런 가꿈으로 제 모습을 찾아가고 미국 생활에 열매를 맺게 되면서 뒤따라 오는 자신감과 만족감을 생활 가운데서 되찾을 수 있었다.

여성 환자들이 간혹 손으로 입을 가리고 말하거나 웃는 경우를 보게 된다. 치아에 문제가 있음을 즉시 알 수 있다. 말하거나 웃을 때마다 드러나는 전치의 문제로 남에게 보이기를 원치 않는, 오랜 세월에 걸쳐 생겨난 폐쇄 행위이다. 주로 치아의 손상이나 배열에 문제가 있을 때 그렇다.

임플란트로 치아를 복원하거나 미용 치과적 기술이나 교정으로 환자의 개성을 살리고 맞춤복 같은 아름다움을 되찾게 해주면 입을 가리던 손을 내린다. 이후 활짝 핀 웃음과 함께 자신감 있는 삶을 되찾는 것을 보게 된다. 외모에 속하는 치아 미용은 성격 형성과 사회생활에 긍정적 영향을 미치지만 해결되지 않은 치아의 문제는 자신의 개성을 아름답게 꽃피우지 못할 수도 있다.

남의 결점을 비난만 하다 보면 큰 그림의 성과를 망쳐버릴 수가 있다. 아름답지 못함을 비판만하기보다 그 아픔을 헤아리고, 손가락질하기보다 동정의 눈길로 감싸주는 따스함을 보일 때 상대방은 치유함을 받고 웃음을 되찾아 자신감 넘치는 긍정적 삶을 살게 될 것이다.

"은을 받지 말고 나의 훈계를 받으며 정금보다 지식을 얻으라."

명품이 아니라도 맞춤복 같은 치아의 아름다움을 복원하여 그 내면에 치유와 자신감을 불어넣어 주는 전문 의료인들이 많이 나왔으면 좋겠다.

(2009. 10. 5.)

치아도 기대야 튼튼하다

우리가 사는 남가주 지역에도 가을이 깊어가고 있다. 푸른 하늘은 더 높아가고 산봉우리들은 연필로 도화지에 선을 그은 듯 선명하다. 가을 햇빛은 여름 내내 비밀스럽던 숲속을 밝혀 헤아리며 차별 없이 따스함을 나누고 있다. 싸늘한 아침 공기는 사람의 정신을 맑게 하여 정열적으로 하루를 시작하게 해 준다. 숲속을 걸으면 자연에서 묻어나는 여유로움이 있어 좋다. 인간의 조급함은 사라지고 자연의 여유로움이 스며드니 가히 자연은 어머니의 품속 같다 하겠다. 그런 자연에 기대어 산다면 생활의 여유와 정서적 풍요를 누리며 살게 될 것이다.

남태평양 피지에 다녀온 적이 있다. 낭만적 정취에 마음을 빼앗긴 터에 현지인 뱃사공이 부르는 한국가요 실력은 나의 가슴을 적셨고 그들과 어울려 춤추게 했다. 나는 까마득히 먼 데까지 배를 타고 들어가 물안경과 공기 빨대와 오리발을 착용한 후 바다로 뛰어들었다. 물속에는 현란하게 아름다운 열대어들의 행렬이 이어지고 있었다. 처음으로 경험하는 바다 속 세상의 아름다움이었다. 그 아름다움에 현혹되어 시간 가는 줄 모르고 해변 쪽으로 헤엄쳐 나갔다. 배에 돌아와야 할 시간이 지났는데도 오지 않는다고 소리치는 아내의 소란으로 나를 찾느라 오랜 시간을 보낸 모양이었다. 그 소란과 무관하게 난 바다 속 아름다움에 취해서 걱정했다는 염려의 말들도 파도 소리처럼 들렸다.

캐나다 로키 산맥의 웅장한 위용 앞에 서면 인간이 사는 도시의 요란함은 너무나 초라해진다. 하늘로 치솟은 높고 낮은 산봉우리들은 삼지창을 세워 놓은 진열장과도 같다. 계곡마다 만년설이 겹겹이 쌓여 빙하를 이룬 것이 마치 흰 두루마기를 입은 도사의 모습 같기도 하다. 거대한 빙하에 올라 두 발을 딛고 서면 억만년의 세월을 되돌아간 듯 착각이 든다. 빙하가 녹아내리는 물소리가 외아들을 잃은 어머니의 울음소리로 들리다가 지구를 망가뜨리는 온난화 현상의 행진곡처럼 확대되어 들리기도 한다.

북쪽 땅 알래스카에 가면 허바드 빙하를 볼 수 있다. 좋은 철에 가면 빙하를 턱 밑에까지 가서 볼 수 있다. 억년의 세월을 살아온 빙하가 그 삶을 포기하며 무너지고 쏟아져 내려 바다 속으로 녹아든다. 크고 작은 빙산 조각들이 바다 수면에 가득 하다. 해를 거듭할수록 더 빠른 속도로 녹아내리고 있다. 해 마다 지구 해수면이 3㎜정도씩 상승하는데, 그 절반은 빙하가 녹은 물 때문이고 다른 절반은 온도 상승으로 인한 물의 팽창 때문이라고 한다.

이곳저곳에서 아름다운 자연의 모습이 망가지고 깨어져 사라져가고 있다. 이 모두가 인간들이 자연에 기대어 살지 않고 자연의 팔 다리를 잘라내어 인간 영리에 사용하기 때문이다.

치아가 상하면 버니어, 크라운, 브리지, 이식 등의 방법으로 대치할 수도 있으나 어떤 치료든 자신의 자연 치아보다 더 우월할 수는 없다. 마지막 순간까지 자신의 치아를 지켜내야 하며 어떤 경우에든 발치는 최후의 수단이 되어야 한다. 자연 치아일지라도 혼자서는 정상적으로 존립을 할 수 없으며 서로 기대어 서서 치열을 지키고 위아래의 교합이 잘 맞아야 한다. 기대야 할 상대 치아가 없으면 치아는 옆으로 눕거나 뒤틀리게 되고 관계 교합까지 교란될 수 있다. 그런 의미에서 송곳니 네 개와 첫 어금니 네 개는 존재 이유가 크다 하겠다. 자연의 순리대로 유지되지 않으면 치아 파손이 오고, 발치와 틀니 상태에까지 이른다. 치아도 태어난 법칙대로 서로 기대어 있어야 아름다운 자연의 미가 유지되는 것이다.

"사람이 네게 악을 행하지 아니하였거든 까닭 없이 더불어 다투지 말라."

　자연은 인간의 마음에 여유로움을 주니 인간은 자연에 기대어
의지하고, 만물의 영장이라는 책임감으로 자연을 돌보아야 한다.
자연을 파괴하는 일은 마치 내 치아를 상하게 하여 발치하는 어리
석음과도 같다.

(2009. 11. 16.)

치아는 마음의 문

아름다움의 표현으로 가장 공감할 수 있는 곳이 '아름다운 눈'이 아닐까 한다. 상대의 맑은 눈을 주시하다 보면 심중의 미세한 움직임까지 읽을 수 있으니 마음의 창문이라 할만도 하다. 가만히 들여다보면 마음속의 잔잔한 사랑도, 출렁이는 노여움도 엿볼 수가 있다. 아름다운 눈이란 수술해서 쌍꺼풀진 눈이 아니라 속사람을 엿볼 수 있는 맑은 창문 같은 눈일 것이다. 그래서 남자는 여인의 눈을 먼저 보게 되는지 모르겠다.

그런데 나는 직업의식 때문인지 눈보다 치아에 먼저 눈이 간다. 치아의 아름다움이 없으면 미소나 맑은 눈의 아름다움만으로는 미흡하다는 느낌이다. 깨끗하게 칠한 흰색 현관문은 창문과 함께 집을 더욱 아름다워 보이게 한다. 눈과 입은 둘 다 말을 하는데, 눈의 말에는 거짓이 없고 입의 말에는 거짓이 많다. 마음의 현관문인 치아를 거쳐 나오는 말이 거짓 없고 맑아야 아름다운 치아라 할 수 있을 것이다.

언제부터인지 나도 안경이 없으면 책의 글자를 아는 척할 수 없는 형편이 되었다. 겸해서 볼품없는 눈을 모양내 보려고 안경테 모양을 바꾸기도 한다. 또 필요에 의해 안경이 여러 개 있다. 몇 차례의 눈 수술 후 이 모두는 내 단골 안경점에서 맞추어 왔다. 리 사장님과 검안 의사인 미세스 리는 내 눈의 필요를 담당해 준다. 그들은 아름다운 눈을 갖고 있다. 항상 웃음 가득한 눈으로 나의 필요를 먼저 알아채서 무리 없고 친절하게 자신의 눈인 양 귀찮아하지도 않고 여러 개의 안경테를 내보이며 고르는 것을 도와준다. 그들의 눈 속에는 남을 나인 것처럼 배려하는 마음의 아름다움이 있다.

인도의 남쪽 작은 섬나라 스리랑카에는 부처님의 치아가 보존되어 있다고 한다. 옛적 인도 칼링가 왕국에 전쟁과 기근이 심했다고 한다. 국왕이 밤에 꿈을 꾸었는데 부처님이 나타나 불치(부처의 치아)를 섬으로 보내면 재난이 그칠 것이라 했다. 그래서 362년, 스리랑카로 불치를 보냈고 비로소 왕국은 평화를 얻었다. 섬에서는 불치를 탑 모양의 보석함에 넣어 잘 모시고 왕위 계승의 상징으로 사용했다 한다. 스리랑카에서는 지금도 해마다 불치를 모시는 축제가 11일 동안 열린다고 한다. 부처님의 치아는 어떻게 생겼을까 궁금하지만 아마 보통 치아와 다름이 없을 것이다.

최근 분실된 것으로 알았던 갈릴레오 갈릴레이의 손가락을 찾았다고 한다. 그 손가락을 보관해 오던 후손들이 무엇인지 몰라 매각한 것을 볼 줄 아는 눈을 가진 사람에 의해 발견되어 제자리로 돌아왔다고 한다. 신체의 부분들은 사는 날까지 각각의 의무를 감당해야 하는데 치아는 다른 지체보다 더 빨리 노화 현상이 오는 듯하다. 오랫동안 남아 의무를 감당만 해도 그 치아는 아름답다 할 수 있을 것이다.

어떤 미소가 가장 아름답다는 정답은 없겠으나 입술을 살짝 열어 윗니가 삼분의 이 정도 내보이게 짓는 미소가 아름다울 것이다. 웃을 때 잇몸이 많이 드러나는 사람들은 되도록 적게 나오도록 신경 써야 더 아름다울 것이다. 파손된 부분은 수리하고 변색된 치아는 브리칭을 해주어야 하며, 뒤틀어진 치아는 교정하여 바르게 서도록 해야 한다. 치아 표면을 갈고 포스린 버니어로 덮어 주면 고르고 아름다운 치아를 갖게 될 것이며, 발치한 부분은 치아 이식을 하면 최상이다. 앞니 여섯 개만이라도 이렇게 잘 정리하고 나면 수술해서 쌍까풀진 눈의 웃음과 함께 아름다운 미소를 지을 수 있을 것이다.

눈은 마음의 창문으로 변화무쌍함을 들여다보게 하는 수동적 형태이지만, 입은 치아를 담은 현관문처럼 나오는 말들이 능동적

형태여서 상대방을 상심하게도 기쁘게도 할 수 있다. 아름다운
치아가 되려면 고운 말들을 내보내어 상대방을 기쁘게 해 주어야
할 것이다.

　"경우에 합당한 말은 아로새긴 은쟁반의 금 사과니리."

　그러고 보면 아름다운 치아란 그 기능 이상의 의미를 가지고
있는 듯하다.

(2009. 11. 16.)

흰색과 치아

백의민족의 후손이어서인지 나는 흰색 옷이 싫지 않다. 온갖 색깔이 난무하는 세상에 살면서도 가끔 흰색을 찾을 때가 있다. 우리 조상들은 유교적 사상에 젖어 여러 색깔이 있는 옷은 점잖지 못하고 부도덕하다고 간주하여 육신의 욕망과 천한 것으로 여겨왔다. '색의 상징이란 어떤 색에 관하여 사람들이 공통적인 연상을 하여 일반화된 의미'라 했다.

'흰색'하면 희망, 순결, 환희, 소박, 위생, 결백 같은 말들을 떠올리게 된다. 특별히 흰색은 우리 민족에게는 긍정적이고 고귀하고 신성한 색이며 순수하고 순결한 색이다. 담백함과 순수함을 추구하던 선비들이 흰색 두루마기를 입고 백자가 놓인 방에서 흰색 한지에 필묵으로 난을 그리며 흰색 정신을 전수하였을 것이다. 흰색의 정신을 가지고 살면 혼탁한 색깔의 세상에서 정결하게 살 수 있을 것이다. 흰색의 정신을 가지면 치아를 희게 관리하게 되고 백의민족의 후예답게 살게 될 것이다.

내가 백두산 기슭에 닿았을 때는 눈발이 휘날리고 있었다. 천지를 보지 못할 수도 있다고 했다. 나는 백의민족의 후예가 왔으니 볼 수 있다고 주장하며 친구와 1달러 내기를 걸었다. 7월 한여름인데도 우박 섞인 비바람이 산에 오르는 것조차 포기하라고 협박해 왔다. 산정에는 구름과 우박을 동반한 눈보라가 휘몰아치고 있었다. 잠깐씩 흰 구름을 밀어내며 보여 주는 천지의 위용은 백의민족 정신의 발상지라 해도 과언이 아니라는 생각이 들었다. 10여 년 전 내기에서 받은 1달러를 지금도 소중히 보관하고 있는 것은 백두산 정기의 상징물인 것 같아서이다.

반세기 전만 해도 우리는 흰 고무신을 애용하여 광복 이후부터 1960대까지 신었다. 발목까지 덮지 않고 발등에만 걸리게 만든 것은 아마도 조선시대 '혜'라고 이름 했던 신발에서 따왔을 것이다. 검정고무신보다는 흰 고무신이 더 고급스러웠다. 고무신은 비 오는 날이나 마른 날이나 모두 편리하게 신을 수 있어서 좋았다. 운동화가 나와 밀려 날 때까지 온 국민이 애용하던 신발이다. 흰 바지저고리에 흰 고무신을 신고 뒷짐 지고 거니는 노인들은 틀림없이 백의민족 정신의 수호자들이었다. 우리 민족에게 흰색은 하늘과 땅을 의미하여 온갖 제사 때마다 흰옷을 갖추어 입었다. 주몽이 살았던 부여 때부터 흰옷을 입었다니 민족정신으로 터잡을 만하다.

지난 주 아내가 선물꾸러미를 내밀었다. 흰 목양말 스무 켤레였다. 하루에도 몇 번씩 갈아 신는데, 모두 오래된 것들이어서 뒤꿈치가 낡고 구멍이 나려하기 때문이다.

나는 운동할 때나 일할 때나 흰 양말을 즐겨 신는다. 바닥은 다 낡았어도 양말목이 멀쩡하니 버리기도 아까워 그냥 신고 다닌다. 그러나 새 양말을 신을 때의 기분은 참 좋다. 발이 편안하고 따뜻하고, 오랜 세월 나를 위해 수고한 발에게 감사하다고 선물하는 기분이다. 천연자원이 충분치 못하고 가진 것 없이 태어난 우리 민족은 오직 두 발로 뛰며 열심히 살아왔다. 흰색을 그리도 좋아하는 민족이니 이국땅에서 운동할 때마다 흰 양말을 신는 것도 즐거운 일이다.

치아는 희어야 아름답고 톡 치면 깨어질 듯 유리알처럼 맑은 흰색이면 더 예쁘다. 누렇게 태어난 치아를 희게 할 수는 없으나 후천적으로 입혀진 색깔들은 브리칭으로 희게 할 수 있다. 담배나 커피는 흰 치아의 적들이다. 나이가 먹을수록 색깔이 끼어들 수 있으니 1년에 한 번씩이라도 브리칭을 하면 좋을 것이다. 레이저로도, 약물로도 할 수 있다. 흰색이 우리의 민족정신을 대표하듯이 흰 치아는 그 사람의 어떠함을 나타내준다.

"은에서 찌기를 제하라. 그리하면 장색의 쓸 만한 그릇이 나올
것이요."

치아에 스며든 색깔들을 제거하여 흰 치아로 회생시키듯 흰색
을 사랑하는 민족정신도 함께 살아났으면 좋겠다.

(2009. 12. 14.)

연말에는 평화를

거역할 수 없는 자연의 법칙에 따라 또 연말을 맞는다. 성탄절과 연말이 일주일 간격을 두고 이어지니 마음만 부산스럽다. 성탄절의 의미는 제쳐 놓고 매출액이 얼마였나를 따져보는 경제지표의 한 과정처럼 되어버렸다. 요란한 성탄절 파티는 곳곳에서 열리지만 온 가족이 모여 감사한 마음으로 부르는 성탄 노래는 듣기 어려워졌다.

어려움에 처한 이들을 돕는다고 목소리를 한껏 높이지만 이 계절이 지나고 나면 다시 조용해질 것이다. 아기 예수는 밀어 놓고 그 앞에 드려진 보물 상자에만 마음이 가 있는 세상이다. 많은 사람들이 연말 저녁이 되면 술에 취해 몽롱한 정신으로 새해의 첫 순간을 기다린다. 지난해를 아쉬움과 함께 떠나보내고 새로운 결심으로 새해를 맞는 명상의 시간은 점점 줄어드는 듯하다.

중학교를 졸업하던 해 크리스마스이브에는 첫눈이 날리고 있었다. 친구들 대여섯이 여학생들과 수를 맞추어 친구 집에 모였다. 졸업을 앞둔 어린 마음들은 들뜨고 유쾌했다. 무슨 놀이를 했었는지 밤새워 놀았다. 아침에는 친구의 어머니가 따뜻한 밥상으로 우리를 대접해 주셨다. 처음으로 가져본 크리스마스이브 모임이었다. 그 시절이 떠오르는 것은 그때 맺어진 친구들이 그리워서이다. 어린 것들의 마음에는 우정으로 가득했는데, 지금은 몸도 늙고 우정도 늙어가나 보다.

그때는 해보고 싶지만 못해 본 것들이 많이 있었다. 그중 하나가 크리스마스트리를 세우는 것이었다. 나무도 구할 수 없었지만 트리를 장식할 빨갛고 파란 꼬마전구도 쉽게 구할 수 없었다. 간혹 보이는 길거리의 장식을 우두커니 바라보노라면 왜 그리도 마음이 설레던지, 젊은이의 마음은 반짝이는 불빛을 따라 흔들리는가 보다. 그렇게 해보고 싶던 크리스마스트리를 지금은 해마다 세우고 있다. 금년에도 키가 7피트가 넘는 나무를 사다가 반짝이는 불빛으로 장식했지만 나이 따라 불빛에 대한 열정도 식었는지 마음이 설레지도 않는다. 행여 자식들이 오려나, 기다리며 켜 놓은 깜빡이는 불빛 속에서 어울리던 친구들의 얼굴만 아롱거린다.

캔자스 주에 가면 오버랜드 파크라는 크지 않은 도시가 있다. 이 계절에 가면 발목이 덮이게 눈이 쌓이곤 한다. 관광용으로 운영하는 마차를 타고 골목을 휘돌면 환상적이다. 온갖 색깔로 장식한 말의 몸에서 방울소리가 짤랑거리고 검정색 눈가리개를 한 얼굴에서는 허연 입김이 흩어진다. 곡선이 아름다운 마차의 마부석 양쪽에는 등불이 깜박이는데, 마부는 어깨에 쌓이는 눈을 툭툭 털며 눈 덮인 길을 몰아간다. 어릴 적 크리스마스카드에서나 보았던 광경을 체험하는 것이다. 어깨를 감싸 안은 남녀가 털옷깃을 세우며 눈길을 걸어가고, 길가 집에서는 웃음과 크리스마스 캐럴이 새어나온다. 그곳에 가면 상혼으로 망가지지 않은 성탄절의 아름다움을 경험할 수 있다.

얼마 전 예약했던 중년부부가 치과병원 문을 들어서는데 얼굴에 희색이 가득하다. 아내는 기쁨을 참을 수가 없는지 묻지도 않은 수다를 쏟아놓는다. 3주의 연말 휴가를 받아 남쪽 나라 고향으로 간다는 것이었다. 그리운 사람들과 만날 것을 생각하니 그렇게도 기쁜가보다. 코리아는 얼마나 먼 데 있느냐고 물어서 비행기로 13시간을 가야 한다고 하니 안됐다는 듯 혀를 끌끌 찬다. 나도 서울에 가고 싶다는 마음이 밀려 와 눈가가 붉어졌다.

오늘 배달된 상자를 여니 새해 달력이 들어 있다. 예쁜 꽃 그림의 작은 달력이다. 감사의 글과 함께 환자들에게 우편으로 보내기도 하고 찾아 온 환자들에게 나누어 주려고 주문한 것이다. 릭 와렌 목사는 그의 책 ≪크리스마스의 목적≫에서 크리스마스는 축제와 구원과 화해의 시간이라고 했다.

"지극히 높은 곳에서는 하나님께 영광이요 땅에서는 기뻐하심을 입은 사람들 중에 평화로다."

이 지구촌 구석구석에 이런 작은 평화가 가득해지면 좋겠다.

(2009. 12. 28.)

새해맞이

어수선하고 들뜬 연말을 보내고 이제 차분히 결심하는 새해 아침을 맞았다. 지난해와 새해의 다른 점이라야 달력을 바꾸어 다는 것과 마음의 변화뿐이겠지만, 달력을 바꾸어 달고도 마음이 준비되지 못하면 새해를 맞는 의미가 감소할 것이다. 작심삼일이 된다 하더라도 아니함보다는 나을 것이다. 받지 못한 빚을 꼭 받아내야겠다는 결심도 좋겠지만, 갚지 못한 빚을 꼭 갚아야겠다는 결심은 더욱 좋을 것이다.

새해 첫 며칠을 어떻게 보내느냐에 따라 그 해 일 년을 가늠해 볼 수 있을 것이다. 바쁘다는 핑계로 일 년 내내 치과를 방문하지 못한 분들은 새해에는 다시 다짐하고, 의사는 좀 더 친절하고 성실하게 치료하고자 결심하면 좋을 것이다. 역시 해가 가고 오는 것의 의미는 마음의 후회와 결심에 달려 있는 것 같다.

새해 첫날부터 활기차게 살기 위해 나는 그 첫 순간을 깊은 잠 속에서 맞기로 작정했다. 온 세상이 축배와 환호로 첫 순간을 맞을 때 난 깊은 침묵의 잠 속에 빠져 있었다. 아침에 맑은 정신으로 뒷산 높은 곳에 올라 떠오르는 태양을 바라보며 환희의 기지개를 펼 때 지난 밤 소란의 주동자들은 깊은 늦잠에 빠져 있을 것이다. 아내와 손을 마주 잡고 하늘을 향해 결심을 다짐하고 무릎을 꿇으니 감사와 희망이 새벽 공기와 어울러 마음속으로 젖어온다.

준비된 음식을 챙기며 한참이나 부산을 떠는 아내를 바라보며 감사한 마음이 앞섰다. 95세 되신 아버지 댁을 방문하기 위한 아내의 수고이다. 백수를 앞두신 아버지와 퇴직이 얼마남지 않은 아들이 마주 앉아 아침식사를 나누며 덕담을 나누었다. 음식은 조금밖에 들지 못하시지만 부자간에 나누는 대화는 시간 가는 것을 잊게 했다. 족보를 다시 챙기시며, 만일 북녘 땅에 자유롭게 갈 수 있게 되면 고향의 누구를 찾아보라 당부하시며 눈가를 닦아 내셨다. 내년 새해 아침을 약속할 수 없는 부자간의 대화는 그렇게 감회 깊은 시간을 맞게 해 주었다.

낮에는 암으로 병상에 누워 있는 친구를 방문했다. 의식이 깜박거리는 상태인데도 반가움으로 미소를 짓는다. 절망감에서 벗어나려고 온갖 농담과 우스갯소리를 위로랍시고 했다. 젊은 날의 아름다움은 다 어디로 가고 피골이 상접한 얼굴로 누워 있었다.

내 손을 잡아끌어 자신의 가슴에 올려놓고 눈을 감는데 내 눈에는 물기가 고였다. 눈을 뜨고 입술을 파르르 떨며 잘 알아들을 수 없이 내 이름을 부르며 어설픈 미소를 짓는다. 몸은 무너져 내리는데 눈빛에는 젊은 날의 그리움만 가득하고 새해 아침의 희망은 어디서도 볼 수가 없었다.

저녁에는 모여든 자식들의 즐거운 대화와 왁자지껄한 분위기도 친구의 병상을 다녀 온 아비의 우울한 마음을 되돌려 줄 수는 없었다.

둘째 날 저녁에는 음악회에 갔다. 딸이 준비해 준 티켓을 들고 화려한 음악당에 앉아 비엔나에서 온 지휘자의 오케스트라 연주로 스트라우스의 음악을 듣고 황제의 왈츠 발레를 감상하며 살아 있음의 기쁨을 맛보았다. 새하얀 드레스와 검정색 연미복을 입은 선남선녀들이 화려한 춤으로 새해맞이를 한껏 축하해 주었다. 나는 새로운 마음으로 시작한 해를 아름답게 춤추며 살리라고 다짐해 보았다.

넘겨야 할 달력이 아직 많이 남아 있지만 매일을 보람되게 살며, 나만을 생각하지 말고 이웃도 살펴보아야겠다. 늙으신 부모도 자주 찾아뵙고 젊은 날을 같이 보낸 친구들과의 우의도 다지고 메말라가는 정서도 다독여야겠다. 그리고 온 젊은 날을 희생하고 남편만을 받들며 살아 온 아내에게도 다정다감한 사람이 되어야겠다. 가화만사성(家和萬事成)이라 했으니 가정이 화평하고 온 나라가 화합하여 뜻을 이루는 해가 되면 좋겠다.

"자기의 토지를 경작하는 자는 먹을 것이 많으려니와 방탕을 좇는 자는 궁핍함이 많으리라."

성실함으로 새해를 맞아 거두는 것이 많은 한 해가 되기를 기원해 본다.

(2010. 1. 1.)

입춘의 기쁨

입춘 날 일상대로 뒷산에 올랐다. 겨울 폭풍우가 몰아치고 나서 산길이 막히고 날씨도 순탄치 못하다는 핑계로 이제야 길을 나섰다. 방안이 싸늘해 두툼하게 입었더니 산길은 더위를 느낄 만큼 봄날 같았다. 시커먼 구름장이 간간이 지나가고 봄새 지저귀는 소리가 숲속에서 들려온다. 산언덕은 푸른 물감을 부은 듯하고 길가에는 연한 풀이 한 뼘씩이나 자라 올랐다. 지난 해 자라 오른 키 큰 쑥대에서는 새순이 솟아 쑥 내음을 뿜어낼 준비를 하고 있다. 그늘지고 갈라진 바위틈에는 파란 이끼가 물기를 머금고 앉았다.

이름 모를 각종 꽃들이 망울지기 시작하고 물가에 늘어진 버들에는 솜털을 덮어 쓴 버들강아지가 만발했다. 흉하게 말랐던 저수지는 지난 주 내린 폭우로 가득 채워져 제법 호수다운 경관을 뽐내며 지나가는 구름의 그림자를 담아 안고 있다. 사람의 시름과 걱정은 산정의 눈을 녹이듯 풀고 해결해 줄 봄날을 아직도 기다리고 있는데, 자연은 이미 봄을 맞으며 기쁨을 연주하고 있다.

지난 수년 동안은 모두에게 고통이었다. 비는 오지 않고 뜨거운 사막의 열기만 가득하여 땅도 자연도 사람도 목말라했다. 정원에 물주기를 정지하고 샤워시간을 짧게 해도 말라가는 저수지를 채울 길이 없었다. 물 사용을 절약하지 않으면 물 배급이 시작될 거라 했다. 메마른 대지에 화마까지 찾아왔다. 남가주의 산언덕과 주택가를 화염이 불태울 때 주민들의 속도 함께 타들어갔다. 인간의 실수나 의도로 인한 화재일 때 더욱 마음이 아팠다. 가느다란 물 호스를 들고 지붕 위에 올라 널름거리는 화염을 상대하는 집주인이 안타까워 보였다. 집을 나와 날밤을 새우며 포기할 수 없는 추억의 흑백 사진첩을 걱정하는 노부부의 애타는 얼굴도 불길과 함께 어른거렸다. 받아들이고 참아내기에 지쳐가는 주민들은 허탈한 마음으로 시커먼 잿더미를 바라보며 절망하였다.

1755년 11월 1일에 일어난 8.7규모의 '리스본 대지진'은 주민 27만 명의 4분의 1인 7만 명의 사망자를 내었다. 뒤따른 세 차례의 여진과 화재로 800년 역사의 국제 도시 리스본은 폐허가 되어 버렸다. 정신세계에도 변화가 왔다. 당시의 지식인인 루소나 칸트 같은 이들은 세상을 질서정연하게 운영하는 신의 섭리라는 개념에서 자연현상이라 설명되는 인간 자유주의를 신봉하게 되었다. 70여 년 후 미 동부에서 시작된 기독교 복음 부흥운동 중에 이 지진은 말세의 한 징조라고 일컬어졌다.

화면에 보이는 아이티의 지진은 기절할 만큼의 위력으로 생명과 재산을 유린했다. 남가주에도 곧 올 것만 같은 '빅 원'을 우리는 두려워하고 있다. 두려워하는 마음은 불안과 초조를 일으켜 생활 의욕을 저해하고 인내심 결여의 요인이 되기도 한다.

온 세계의 주가가 폭락하고 최대의 금융회사들과 굴지의 자동차 회사들이 백기를 들고 정부에 구조 요청을 하였다. 피나는 절약으로 내 집을 마련했는데, 주택 값이 폭락하고 납입금을 감당 못해 가족과 함께 길가에 나앉아야 하는 형편이 많았다. 경영하던 회사가 쓰러지고 가족은 한국 친정으로 보내고 자신은 노숙자가 되어 거리를 헤매는 이도 있다고 했다. 빚에 쫓기다 다른 길이 없어 생명을 버리는 일도 자주 있었다. 인내심의 끝에서 절망하며 미래에 있을 기쁨을 포기한 때문이다.

찢겨지고 요동치는 자연의 횡포에 대한 두려움과 생활의 고단함에서 오는 인내의 한계점에서 정지하여 주위에 널려 있는 작은 기쁨들을 찾아보아야겠다. 사랑하는 가족, 친지, 동포들이 작은 동네를 이루어 살고 있으니 행복하고, 찾아가 위안과 격려를 받을 수 있는 신앙 지도처가 많이 있으니 기쁘다. 열심히 정직히

일하여 오늘 먹을 음식이 있으니 만족하고 기쁘다. 미움이 있어도 내 친지요, 다툼이 있어도 내 동포이니 기쁘다.

작은 일에 감사하고 절망 대신에 기쁨을 헤아려 보아야 한다. 인간은 줄 수 없고 초능력자만이 줄 수 있는 큰 기쁨이 마음속에 있으면 인내할 수 있다. 비가 흡족히 내린 입춘 날에 만물이 회생하는 것을 보니 봄날에 있을 기쁨이 보이는 듯하다.

(2010. 2. 12.)

3

고국에서 봄비를 맞으며

김포공항 | 전주, 경기전과 한옥 마을 | 정읍, 내장산 | 해남, 녹우당
보성, 녹차 밭 | 담양, 죽녹원 | 곡성, 기차 마을 | 구례 마을 | 화개 장터
통영, 동호항 | 한산도 | 거제도 | 김해 | 제주도 | 제주 해비치 호텔 | 부산 해운대
경주 천마총, 석굴암, 불국사 | 강릉 오죽헌 | 설악산

　　"

고향의 공기는 달콤하기만 했다.
로스앤젤레스 공항을 이륙한 지 13시간,
긴긴 비행으로 시달린 몸을 풀어 주고
주위를 둘러 볼 틈도 없이 대기한 자동차에 올랐다.
고교 동창 십여 명이 금년 봄에는
고향 땅 전국 일주 봄나들이를 함께 가기로 약속했다.
비록 여행사에서 엮어주는 대로
10여 일의 여정으로 떠나 왔지만
마음이 설레기만 한다.

"

김포공항

이른 아침 인천공항에는 봄비가 추적추적 내리고 있었다. 가슴을 활짝 펴고 팔을 휘저으며 고향의 공기를 깊이 들이마셨다.

고향의 공기는 달콤하기만 했다. 로스앤젤레스 공항을 이륙한 지 13시간, 긴긴 비행으로 시달린 몸을 풀어 주고 주위를 둘러볼 틈도 없이 대기한 자동차에 올랐다.

고교 동창 십여 명이 금년 봄에는 고향 땅 전국 일주 봄나들이를 함께 가기로 약속했다. 비록 여행사에서 엮어주는 대로 10여 일의 여정으로 떠나 왔지만 마음이 설레기만 한다. 처음도 아니고 여러 번 거의 같은 여정으로 하는 여행이지만 이번만은 또 다른 기대감으로 고향 땅을 밟고 있는 것이다. 거의 모두가 고향 떠난 지 40여 년이고, 저마다 미국 땅에서 성실하게 살아가고 있는 친구들이다. 이제 모두 손자들을 둔 할아버지와 할머니들이지만 마음만은 반세기 전 고교 때의 정감이 그대로다. 오랫동안 얼굴조차 보지 못한 고향 땅 친구들을 그려 보며 설레는 마음으로 차창에 부딪치는 봄비를 바라보고 있다.

한 친구가 탑승하지 않아 차를 출발시키지 못하고 앉아서 그를 기다렸다. 나와 한 친구가 공항 내 사람의 숲을 비집으며 두리번거렸으나 찾을 수가 없었다. 이른 아침인데도 공항에는 꽤나 많은 사람들이 북적이고 있었다. 거의 한 시간 이상을 헤맨 후에야 그를 찾아 차를 출발시킬 수 있었다. 그는 이동전화기를 사러 어느 상점에 들어갔다고 했다. 내리는 비만큼이나 기분이 울적했지만 우리는 곧 유쾌하게 떠들며 기분 좋은 여행을 시작할 수 있었다.

빗줄기로 흐려진 차창 밖으로 보이는 나무들은 아직도 이른 탓인지 벌거벗은 모습 그대로이다. 이상 기온으로 인해 봄이 몇 주일은 늦게 올 것 같다는 안내자의 말이다.

시청 앞에서 기다리고 있는 친구들은 왜 아직 도착하지 않느냐고 전화통에 불이 날 지경이다. 빗물로 질척이는 서울시청 앞에는 20여 명의 친구들이 나와 기다리고 있었다. 다시 만나는 기쁨의 간지러움은 봄비가 얼굴에 닿는 간지러움보다 더 심해 근육을 씰룩이게 하나 보다. 웃음인지 울음인지 알지 못할 재회의 기쁨을 우리는 오랜 동안 나누었다. 그리고 열흘 후 다시 보기로 하고 차에 올라 고향 땅을 더듬는 여행길에 올랐다.

이제는 제법 주룩주룩 쏟아지는 봄비를 가르며 고속도로를 타고 전라북도 전주 땅을 향해 달렸다. 친구들이 넣어 준 식사를 즐기며 흥분으로 얼굴이 상기되었다. 웃음소리와 불러대는 이름소리는 꼭 학교 시절 수학여행 때를 회상케 했다. 다른 게 있다면 그때는 수줍음 가득한 처녀 총각이었지만 지금은 보낸 햇수만큼이나 두꺼워진 얼굴과 언변으로 서로를 즐겁게 해 주고 있다는 것이다.

지나가는 미소 속에는 그리운 추억이 함께 달리고 주름진 얼굴에는 인생길의 고단함이 고여 있는 듯하다. 가만히 내미는 손에는 따스한 정감이 흐르고, 바라보는 눈동자에는 잔잔한 물결이 이는 듯하다.

전주, 경기전과 한옥 마을

　　　　　벌거숭이 산야와 좁디좁은 흙먼지 날리는 황톳길뿐이었던 고향을 떠나 살아왔다. 다듬은 돌이 깔린 유럽의 넓은 길을 걸으며 무척 부러웠다. 세월이 많이 흐른 지금 고향의 길도 반듯하게 포장되고 헐벗었던 산야에도 초목이 울창하다.

　차창 밖으로 보이는 길가와 산에는 철쭉, 개나리, 벚꽃, 싸리꽃이 만개하니 봄노래가 절로 흥얼거려진다. 고속도로를 달리다 들른 휴게소에서 모여 앉아 우동 그릇 비우며 맛있다고 호들갑을 떨고 찾아든 화장실은 깨끗하다며 탄성이 요란하다. 전주 시 입구부터 붉은 색 꽃잔디로 치장한 거리는 화사한 봄빛이다. 철쭉꽃이 요염하게 몸 놀려 춤추고 이름 모를 꽃들이 얼씨구 장단 맞추는 봄 잔치가 한창이다.

　전주 땅에 오면 전주 이씨가 본관인 조선 왕조의 태조 이성계의 어진을 모시고 있는 경기전을 찾게 된다. 차를 내리고 정문 앞에 서면 사자의 얼굴을 닮은 듯한 오래된 돌비를 보게 되는데, 그 석상에 새겨진 글의 뜻은 '여기까지 이른 자는 모두 말에서 내리고 잡인은 출입을 금한다.' 는 하마비(下馬碑)라 한다.

　문에 들어서고 숲이 우거진 뜰을 지나면 앞에 경기전이 있고 옆으로 부속 건물들이 있다. 경기전 안에는 태조 이성계의 전신을 그린 어진이 놓여 있다. 태종 이방원이 어진을 전국 여러 곳에 보관케 하였으나 임진왜란 때 모두 소실되고, 경기전의 어진만 보존되어 있다가 비단에 그려진 어진이 너무 낡자 1870년 고종황제 때 다시 모사하게 하여 오늘에 이르고 있다. 낡은 어진은 불태워 백자항아리에 담아 뒤뜰 어디엔가 묻어 두었다 한다.

　층계 옆쪽에는 몇 개의 가마들이 놓여 있는데 어진을 모시는 가마, 향로를 옮기는 가마, 사람을 태우는 가마로 쓰였던 것들이다. 한 시대를 호령하던 영웅의 삶도 세월 앞에서는 속절없음을 느끼며 계단을 내려왔다. 거기서 오른쪽으로 나가 다른 뜰에 이르면 왕조실록을 두었던 전주 사고가 있고 뜰에는 매화나무들이 서 있는데, 뜰 중앙에 등 굽은 매화나무가 눈길을 끈다. 100여 년 전 일본 사람들이 분재 형식으로 키웠을 것이라고 했다. 굵은 줄기만 땅을 기듯이 두세 번 절묘하게 굽어진 채 뻗어 있다.

매화 그림은 꽃보다 굴곡진 가지를 잘 그려야 더 품위가 있다고 한다. 제철에 오면 매화꽃이 줄기 끝에서 핀다는데 우리는 등 굽은 줄기만 보고 간다. 한 평생이 힘겨워 등이 굽어가는 노인을 연상하며 조선 땅의 지난 100여 년이 너무 애처로워 저리도 굽었나 생각하며 그 앞에서 사진을 찍었다.

한옥 마을에는 걸어서 도착했다. 1905년, 을사보호조약이 체결되고 많은 일본인들이 전주 땅에 이주해 오게 되었다. 전주 성 안의 주민과 성 밖 주민의 반상의 차별이 흐려지기 시작하고 성곽이 철거되며 일본인들이 성 안에서도 상권을 잡게 되어 일본식 건물들이 들어서게 되었다. 뼈대 있는 집안 사람들이 이에 반발하여 한옥을 한곳에 몰아 짓고 뭉쳐 살았던 곳이 지금 우리가 보는 한옥 마을이다. 한옥만 500여 채가 넘는 이 마을에 2,000여 명의 주민이 살고 있다고 한다.

골목이 정겹고 익숙한 것 같아 걸어 본다. 나래를 편 학이 날아오르는 듯 기와 용마루가 하늘로 치솟고 그 밑에 녹슬어 누렇게 된 겉 쇠창살은 어릴 적 보던 그것과 닮아 있다. 휘 돌아가는 담장 따라 눈길을 돌리니 햇볕 아래 둘러앉은 조무래기들의 재잘거리는 이야기 소리가 들리는 듯하다. 하늘 높이 솟은 늙은 소나무에는 선비의 기개가 서려 있는 듯하고, 그들의 글 읽는 소리가 솔잎을 지나는 바람 소리에 묻어 낭랑하게 들리는 듯하다. 장독대 옆

에 핀 철쭉꽃에서는 꽃비녀 지른 여인이 아름다운 아름태로 치맛
자락 휘감아 잡고 사뿐히 걸어나오는 듯하다. 정원에 핀 꽃들을
찍으며 선조들의 은은한 정감을 가늠해 본다. 한지공예품점에 들
어가 보니 한지로 여인의 저고리도 만들어 놓고 여러 가지 소품도
만들어 놓았다. 한지는 문을 바르는 창호지로만 쓰는 줄 알았더
니 이렇게 공예품을 만들어내는 예술적 재료도 되는가 보다. 집
집의 뜰마다 왜 이리도 철쭉이 붉은지 여행자의 마음을 설레게
했다.

이 마을에 전통 한식집이 많다 하여 전주비빔밥을 점심으로 먹
기로 했다. 기대감으로 달음질쳐 밥상을 대하고는 눈을 동그랗게
굴리며 술을 떠넣으며 너스레를 떠는 그대들, 정녕 젊은 시절은
지나갔구나. 갈 길은 먼 데 벌써부터 그리도 음식을 탐하다니.
그래도 금강산도 식후경이라 했으니 어쩌랴. 전통 찻집도 많다는
데 시간에 쫓긴 우리는 아쉬운 걸음으로 다시 길을 재촉했다.

정읍, 내장산

전주비빔밥이 주는 포만감은 나른하지만 내친 김에 닿은 곳은 호남 땅 정읍이다. 안내하는 박 전 청장은 고향 자랑에 입술의 침이 마른다. 꽃잔디, 철쭉으로 덮인 도시를 벗어나 산길로 들어서 내장산 입구로 길을 잡았다. 오른쪽으로는 냇물이 흐르고 왼쪽 산비탈로는 나무숲이 우거진 산 계곡 길이다. 길 양편으로는 도열한 의장대처럼 벗나무가 줄지어 섰는데, 만발한 꽃잎이 미풍에 날려 함박눈이 내리는 듯하다. 전직 청장의 위세가 아직도 당당한지 들어갈 수 없다는 산사에까지 우리 버스를 통과시켜 주고, 관광 사무처 담당자가 나와 머리 숙여 인사하고, 여직원이 우리 목에 기념 스카프까지 감아 주는 특혜를 입었다.

원래 이 산의 이름은 영은산이었다. 백제 무왕 때 사찰을 세우고 백제 신앙의 근본 사찰로 삼아 신령한 영이 내려 계신다는 의미로 영은사라 이름 지으니 산 역시 영은산이라 불리게 되었다. 조선 명종 때 이 산에 감추인 것이 무궁무진하다 하여 내장산이라 개명했다고 하니, 이 산의 숨은 아름다움을 이번에 다 볼 수는 없을 것이다. 제일 높은 봉우리는 760미터로 호남의 금강이라고도 할 만큼 사계절 경관이 좋은 산이다. 봄이면 벚꽃이 장관이고, 여름에는 우거지는 녹음, 가을에는 전국 최고의 단풍, 그리고 겨울에는 하얗게 덮인 설경이 절경이라 한다.

봄에 왔으니 벚꽃을 바라 볼 수밖에 없다. 온 산이 나무 반 벚꽃 반인 듯 흰색과 분홍색이 물결친다. 바람이 일 때마다 꽃잎이 날려 시야를 어지럽히며 춤추어댄다. 우리는 내장사로 오르는 길을 따라 걸으며 웃고 떠들고 사진 찍었다. 육십 대 중반의 할매들도 오늘만은 아이들 같고 할배들도 들뜨기만 한다. 산정까지 케이블카로 올라가 내려다 본 산 전체는 온통 봄 색깔이다. 산이 봄이듯 우리들 마음 역시 봄이다. 그리움이 가득한 봄바람이 분다.

내려오는 길에 막걸리를 파는 주막 곁에 큰 광목천에 휘갈겨 쓴 시를 한 편을 보게 되었다. 바라보고 서 있는데 주모가 달려나와 그 스님의 시집이 있으니 사 가라고 한다. 대우 스님이라는 분이 쓴 '그대 그리운 날'이라는 시집으로 광목천에 기록된 시 역시 '그대 그리운 날'이었다. 소개하면 이렇다.

사람은 하나도 없고

사람의 소리는 하나도 보이지 않습니다

만나 말하고 싶습니다

손 내밀지 않고 주는 것 없어도

주소 없는 그대 보고 싶습니다

사람 냄새 나는 사람

하얀 종이에 검은 글씨로 단순하게 만든 시집을 손에 들고 산
길을 내려 왔다. 내장사에는 봄을 사랑하는 시인 스님도 살고 있
는가보다. 부러운 스님이다. 시인까지도 감추어져 있는 이 산은
과연 내장산임에 틀림이 없다.

해남, 녹우당

어젯밤, 여행 떠난 첫날 밤, 나는 날 밤을 새웠다. 룸메이트 친구의 코골이 때문이었다. 욕조에 가 누워 봐도, 좁은 벽장 속에 누워 봐도 그 소리를 막을 수가 없었다. 베개를 얼굴에 덮고 누워도 그 소리는 여전히 천둥처럼 요란했다. 그러나 아침은 어김없이 찾아 왔고 눈은 쓰리고 온몸은 두들겨 맞은 듯 저려왔다.

흐린 봄 하늘 아래 들판에는 파릇하게 새싹이 돋고 산자락에는 철쭉이 붉다. 봄기운을 즐기며 닿은 곳은 한국의 땅 끝이라 불리는 해남이다. 북쪽으로는 산줄기가 용트림하듯 꿈틀거리며 솟아 있고 흘러내린 평지에는 보리 이삭이 돋아 오르고 마늘 밭에는 그 잎이 청청하다. 남쪽을 내려다보면 근접한 곳에 바다가 넘실대니 과연 우리는 땅 끝에 와 있는가 보다. 곳곳에 새로 짓는 한옥들의 용마루는 학의 깃처럼 하늘을 향해 솟아오르고 둘러친 담장과 뜰 안에는 갖가지 꽃들이 화사한데, 순해 보이는 주민들이 느린 걸음으로 농토로 향한다. 500년이나 된 은행나무는 마을 입구에 서서 안위를 지키고 300년 된 해송은 오르는 산길 앞에서 흘러넘치는 산의 정기를 간수하고 있다. 구름 벗겨지고 햇볕이 따뜻하니 마치 지상낙원에 온 듯하다.

여기 와서 살면 좋겠다 하니 나더러 집을 사고 와서 살란다. 그러면 자기네는 휴가 받아 와서 놀다 가겠단다. 봄기운에 취해서인가. 졸음이 올 듯 나른한 이곳이 참 살아 볼만한 곳이라 느껴진다.

고산 윤선도의 고향이다. 송강 정철과 함께 조선 시조문학의 쌍벽을 이루는 대문호이다. 1600년경 인물로 정치적으로는 남인의 거두였다. 당쟁으로 인해 거의 평생을 유배생활을 했다. 짙게 푸른 나무숲에 비 오는 모습에 매료되어 언덕 위에 집을 짓고 며느리의 권유에 따라 이중 지붕 처마를 만들어 특유의 건축 양식으로 녹우당(綠雨堂)이라 이름 짓고 많은 걸작의 시조를 지은 곳이다. 그 중 대표적인 시조가 오우가(五友歌)이다. 그의 생의 여유로움이 묻어있는 문학은 후학들에게 본이 되었으니 가히 칭송받을 만하다.

산 중턱에 비자나무 숲이 있다 해서 올랐다. 낙엽수가 많은 곳에 '비자나무 숲'이라 쓰인 비석이 서 있어 그 낙엽수들이 비자나무라 생각하고 사진 찍으며 내려 왔는데 안내자가 웃으며 비자나무는 크리스마스트리로 쓰이는 그런 모양의 침엽수라며 길가의 나무를 가리킨다. 숨차게 올라와 헛것을 보고 왔지만 산행은 즐거웠다. 사진을 다시 찍으며 한참이나 소란을 피웠다. 옛적에는 독약을 만들 때 이 비자나무를 사용했다 해서 보려고 했던 것이다.

　이런 곳에 초가삼간을 짓고 님과 함께 살면 행복할까. 온갖 세상의 치사한 것, 꼴불견인 것, 더러운 것들을 보지 않고 살 수 있을까. 아무 친구가 찾아오지 않아도 외로움을 느끼지 않고 살 수 있을까. 이곳에 싸리꽃이 하얗게 피었고 웃음 가득한 그대 얼굴에도 싸리꽃 그림자가 한들거리며 지나간다.

보성, 녹차 밭

　　　　　　한반도 최남단 땅 끝 마을 해남에서도 더 끝 산자락이 와 닿았는데 그 산 이름이 두륜산이다. 배 타고 떠나는 임을 눈물로 배웅하며 손수건 흔드는 듯 봉우리를 이루고 출렁이는 바다를 내려다보고 있다. 1마일의 거리를 케이블카를 타고 올라가면 동쪽 아래 계곡 사이에 펼쳐진 농토가 보이는데 한반도를 꼭 닮은 모양을 하고 있어 한반도 붕어빵이라는 말은 사실이었다.

　이곳을 보러 온 사람들이 산에 가득하고 내려다 본 숲은 만발한 흰색 벚꽃으로 덮였다. 아름답고 평온하여 이민 생활에 찌든 가슴에 고향을 호흡하게 해주는 명산임이 분명해 보였다.

　동북쪽으로 달려 와 전남 보성에 도착했다. 녹차 밭으로 유명세를 얻고 있는 곳이다. 올라가는 길가도 벚꽃과 다른 봄꽃들이 만발하여 길을 덮었다. 산등에 푸른 양탄자를 덮은 듯 차나무 숲이 펼쳐지고 가지 끝에서 작은 새싹이 돋아나는 게 보인다. 켜켜이 나누어진 샛길을 지나며 차나무를 더듬어 본다. 웃음소리가 바람 타고 벚꽃처럼 펄럭이며 날아 차 밭을 덮는다. 팔짱 끼고 어깨를 맞대고 사진 찍으니 친구 만난 기쁨이 한결 더하다. 차밭 둘레에는 분홍 빛 벚꽃이 만발하고 그 샛길에는 벚꽃 잎과 함께 오래된 그리움이 가만히 내려앉는다.

녹차 잔을 높이 들어 서로의 건강을 위해 소리 질러 건배하고 차 맛을 혀끝으로 음미한다. 차 맛이야 어떻건 다정한 친구들이 둘러앉으니 흥겹기만 하다. 찻잔이 여러 배를 돌고 나서야 자리를 털고 일어났다. 전에도 여러 번 다녀가고 차를 구입했던 나는 먼저 밖으로 나왔다. 벚나무 아래 앉아 날리는 꽃잎을 헤아리고 있는데 가이드 아가씨가 다가와 팔짱을 끼며 앉아 살포시 웃는다.

"선생님 선물 하나 드릴게요." 하며 녹차 통을 하나 손에 쥐어준다.

"웬 선물? 나만?"

"그럼요. 선생님이 제일 젊어 보이고 멋있잖아요."

"아이고 고마워요. 제일 귀한 선물이 되겠어요. 댕큐."

여우에게 홀리는 듯하지만 싫지는 않은 기분이다. 집에 와서 아내에게 그 일을 보고하며 녹차 통을 내밀었더니 피식 웃고는 가엾다는 눈길로 쳐다보다가 캐비닛에 넣어 버린다. 기분이 좋지 않은 것 같다. 그런데 난 아직도 기분이 좋다. 젊어 보이고 멋있다는 말을 들으니 기분이 참 좋다. 진정어린 말이 아니라는 섯은 나도 안다. 그래도 좋다. 그래서 남을 칭찬하는 일은 참 좋은 것인가 보다. 그래서인지 보성의 차 밭이 마음에 든다. 가 볼만한 곳이라 추천도 하고 싶다. 아니, 다시 가고 싶기도 하다.

담양, 죽녹원

보성에서 북쪽으로 광주를 지나 담양에 이르는 봄나들이 길은 온통 꽃으로 덮여 있다. 펼쳐진 논 밭 산야에는 봄기운이 가득하지만 늘어 선 나뭇가지에는 이제야 어린잎이 파릇하게 머리를 풀기 시작한다. 곳곳에 앉아 있는 한옥들은 마치 다도해에 떠 있는 작은 섬처럼 보기에 아름답다. 길가의 붉은 철쭉꽃과 산기슭에 하얗게 피어난 싸리꽃이 화려하다.

담양에 들어서면 담양 댐에서 발원한 담양천이 가로질러 흐르고 그 위에 돌다리가 놓여 있다. 다리에는 빨랫줄처럼 줄을 매어 있었는데 온갖 죽세공품들이 주렁주렁 매달려 있다. 담양천 강둑에는 버드나무 가지들이 휘영청 늘어져 그 아래를 걷는 젊은 연인들의 속삭이는 사랑 이야기가 버들피리 소리처럼 들려오는 듯하다.

　담양천이 흘러 광주, 나주, 무안을 거쳐 목포에 이르러 바다로 흘러든다. 전라남도의 젖줄인 영산강이다. 이번 지방선거에서 삼선에 당선된 P지사가 썩어가는 이 영산강을 살려 내겠다며 민주당 당론과 맞서며 언론의 주목을 받았던 그 영산강의 발원지인 담양에 왔다.

　담양천 다리를 건너 왼쪽 언덕을 바라보면 온통 대나무 숲인 산이 보인다. 바로 담양군에 소재한 죽록원(竹綠園)이라는 곳이다. 들어서면 온 산에 팔뚝처럼 굵은 대나무가 하늘을 향해 촘촘히 뻗어 있다. 오래 전 담양군에서 대나무를 심고 관광지로 개발한 곳이다. 이삼십 미터는 되어 보이는 큰 키의 대나무 잎들이 하늘을 가리고 대나무 기둥만 촘촘하게 서서 어두운 숲을 이루고 있다. 많은 사람들이 산책로를 걸으며 시원한 산소를 마시며 휴식할 수 있다. 바람이 시원하니 마음도 바다 앞에 선 것처럼 시원하다. 떠들썩한 이야기 소리와 깔깔대는 웃음소리가 바람을 만나 숲속으로 퍼져간다. 찍어대는 사진의 배경은 아마 온통 대나무 기둥뿐일 것이다. 옛 선비들이 먹물 풀어 그리던 대나무 그림의 의미가 지금도 같은 의미가 있다면 더 많은 젊은이들이 와 보는 것이 좋겠다.

　숲을 나와 아직도 당기지 않는 점심 식사를 위해 근처 식당으로 갔다. 갖가지 나물과 겉절이 김치가 다인 그런 시골풍 식당이다. 그런데 밥통만은 다르다. 대나무 산지여서인지 대나무를 잘라 통을 만들어 밥을 쪄냈는데 죽 향이 있는 듯도 하고 없는 듯도 한, 찐득하게 묘한 맛을 내는 밥을 먹었다. 대나무 숲을 거닐고 대나무통 밥을 먹으니 담양의 대나무를 잊을 수 있겠는가. 세월과 형편이 허락되면 잘 정리된 이 영산강을 따라 담양에서 목포 바다까지 뱃놀이나 할 수 있으면 좋겠다.

곡성, 기차 마을

　　　　　　　담양에서 동남쪽으로 조금 더 내려가면 곡성이다. 산야는 꽃 잔치가 한창이다. 철쭉꽃으로 울타리 친 초가삼간 앞마당에 벚꽃 잎이 날려 쌓인다. 땅에서 오르고 하늘에서 내리는 봄기운이 꽃을 피우고 잎을 돋게 하는 것을 보니 어머니 같은 능력을 가졌나 보다. 봄 색깔을 입은 산야는 아름답기만 하다.

　곡성에 있는 '기차 마을'을 보기 위해 왔다. '섬진강 기차 마을'이라고도 한다. 이곳 아낙의 표현대로 '토끼가 발맞추던 곳'이라 할 만큼 산골이었으나 1933년에 전라선이 개통되고 작은 목조 건물인 역사도 들어서게 되었는데, 이 곡성 역사가 지금까지 전형적인 철도 역사의 모습을 보존하고 있어 2004년에 문화재로 지정되었다.

역사를 통과하여 역 안으로 들어가면 승차장이 있고 왼쪽을 바라보면 '칙칙 폭폭' 하던 시커먼 기차가 객차를 여러 개 달고 멈추어 서 있다. 금방이라도 소리를 지르며 달려올 듯하다. 가까이 가보니 많이 낡고 녹슬어 세월이 흘렀음을 말해 준다. 우리는 만져도 보고 매달려 보기도 하다가 올라앉아 사진도 찍으며 즐거운 한 때를 보냈다. 그 뒤쪽으로 영화 촬영 세트장이 있다. '태극기를 휘날리며' '토지' 등의 영화가 촬영된 곳이라고 한다. 세트장으로 들어가면 1950년대의 작은 골목을 만들어 놓았다. 상회 간판, 극장 간판, 영화 포스터, 밀어 여는 유리창 달린 문, 찢어진 벽보, 깨어진 유리창 등 온갖 것들이 우리들이 살았던 날들을 추억하게 해 주었다.

그 골목길을 돌아 나오면 끝자락 한 칸에 깡마르고 키가 작은 긴 수염을 늘어뜨린 한 노인이 일하고 있다. 노동부장관의 표창으로 인증 받은 '짚풀 세공 전승자'이다. 안쪽에는 많은 종류의 짚풀 세공품들이 주렁주렁 매달려 있다. 기념 메달과 명함을 받아 들고 함께 사진 찍고 돌아섰다. 곡성역에서부터 관광용 증기 기관차가 하루에 두 번씩 10킬로미터의 거리를 운행한다. 선로 위에서는 자전거도 즐길 수 있다.

"곡성은 석쇠 불고기로 유명하지. 석곡 버스정류장 옆, 밖에서 보면 좀 허술하게 보이지만 뜰이 꽤 넓고 시골스런 집, 석쇠 안에

고기를 넣고 지글지글 굽다가 기름이 뚝뚝 떨어지고 탈 듯하면 석쇠 손잡이를 뒤집고, 그렇게 몇 번 반복하면 좋은 불고기 구이가 되는데 약간 탄 향까지 포함해서 그 맛이 죽이지. 좋은 친구 몇이 어울려 복잡한 사정을 떠나 너스레를 하면서 즐길 수도 있는 곳이지.”

남쪽 지방이 고향인 친구가 이 지방을 자랑하는 말이다.

역사 앞 시장 터에 걸어 내려가니 곱상한 얼굴의 아낙이 국화빵을 굽고 있다. 얼마나 오랜만에 보는 국화빵이던가. 따끈한 국화빵을 한 봉지 사 들고 차에 올라 나누어 먹으니 온통 좋아서 죽겠단다.

그렇게 떠들며 우리는 곡성의 기차 마을을 떠났다. 뒤 차창으로 벚꽃이 날리는 것이 보이고 옆 차창으로는 유채화와 철쭉이 물감을 부어놓은 듯 화려하게 아름답다.

구례 마을

　　　　　곡성에서 동남쪽으로 가면 하동에 이
른다. 산을 끼고 돌고 언덕을 오르내리는 산길이다. 도로 양편으
로는 철쭉꽃이 요란하다. 왼쪽으로 지리산 자락을 끼고 그 사이
를 섬진강 지류가 흐르고 있다.

　한반도의 백두대간 등줄기가 백두산에서 시작하여 이 지리산
끝자락까지 와서 1,000미터가 넘는 20여 개의 봉우리를 돋우어
넘실대는 파도인 양 경관을 이루고 있다. 하동까지 거의 중간지
점에 구례마을을 지나게 된다. 작은 평야가 펼쳐지고 산기슭에
마을도 모여 있다. 흙이 짙어 보이니 농토로 참 좋은 땅일 것이다.

　안내양이 '이곳 주민들은 어느 하나 사연이 없는 이가 없다'
고 말한다. 그렇다. 그래서 철쭉꽃이 저리도 붉은가보다. 박경리
의 '토지'와 조정래의 '태백산맥'이라는 소설이 떠오른다.

‘구례’라는 말은 ‘바닥이 깊고 물길이 좋아 기름진 땅’이라는 전라도 사투리라고 한다. 임진왜란 때 왜병과 의병군과의 싸움이 치열해 피를 많이 흘려 ‘피뻘(血川)’이라 하던 것이 ‘피아골’로 발전했다.

금년은 경술국치의 100주년 되는 해이다. 그때 이곳에 살던 황현이라는 선비가 분을 이기지 못해 자결하고 글을 남겨 지금도 추앙받고 있다. 1948년, 국군 14연대의 좌익 장병들이 주동한 여순반란사건으로 그 잔병들이 구례마을에 숨어들어 토벌 완료까지 2년여 동안 많은 피를 흘리기도 했다. 한국전쟁 중에는 인민군과 빨치산 잔병들이 지리산에 숨어 이곳에 출몰하자 산간 주민들을 강제 퇴거시키고 집에 불을 질러 많은 인명 피해와 갈등을 낳았던 피아골 사건의 주인공이 바로 이곳이다. 한국전쟁 60주년을 앞두고 많은 생각이 떠오르게 하는 마을이다. 소설 ‘태백산맥’의 갈등이 실제처럼 펼쳐지는 지리산을 지나고 있다.

산이 높으면 물이 맑은가보다. 진안에서 발원하여 지리산을 감돌아 하동을 거쳐 광양만으로 흘러 남해로 합쳐지는 섬진강은 맑다. 섬진강이라는 이름의 유래는 이렇다. 고려 우왕 때 왜구가 강 하구에 침입했는데 강에서 두꺼비 떼가 몹시 울어 왜구들이 겁이 나서 광양만까지 물러갔다고 한다. 그래서 두꺼비 ‘섬’자를 써서 섬진강이라 이름 지었다 하는데, 소설 ‘토지’에 나오는 최서

희와 김길상의 사연 깊은 사랑 이야기가 강 위의 뗏목처럼 떠오른
다.

이런 상념들이 머리를 채우는데 몸과 눈은 벌써 구례를 지나
좁은 산길을 달리고 있다. 바람결에 흔들리는 붉은 철쭉꽃의 색
깔은 사람들의 피 때문이라는 엉뚱한 생각이 들어 가슴이 몹시
저려온다.

화개 장터

구례를 지나 산자락을 밀어내며 조금 더 내려오니 넓고 맑은 섬진강이 가로 흐른다. 강을 오른 쪽으로 끼고 조금 더 내려가니 오른쪽에 '남도대교'라는 긴 다리가 아치를 이루며 걸려 있고, 왼쪽으로는 화개장터가 펼쳐져 있다. 여기는 경상남도 화개이고 저 다리를 건너면 전라남도 땅이다. 구례 쪽과 화개 쌍계사 쪽에서 흐르는 물길이 여기에 닿아 섬진강의 주류와 합쳐 남쪽으로 흐르며 경상도와 전라도의 경계를 이룬다. 길가에서 입구까지, 장터 구석이나 둘레 기슭까지 온통 꽃들이 널려 있다.

조영남의 '화개장터' 노랫말이 떠오른다.

전라도와 경상도를 가로 지르는 섬진강 줄기 따라 화개 장터엔 윗

마을 구례 사람 아랫마을 하동 사람 닷새 따라 어우러져 장을 펼치네. 구경 한 번 와 보세요. 오시면 그냥 시골 장터지만 있어야 할 건 다 있구요. 없을 건 없습니다. 화개장터

화개장은 그냥 작은 시골 장터이다. 음식도 팔고, 건어물도 흔들흔들 걸려 있고, 곡물도 봉우리를 이루며 쌓여 있다. 산에서 뜯어 온 싱싱한 산나물이 함지박에 담겨 있고 옹기점에는 크고 작은 항아리가 즐비하게 놓여 있다.

저쪽 길 입구에는 대장간이 하나 있어 청바지 차림의 장인이 시뻘건 불에서 방금 꺼낸 쇳덩이를 무거운 망치로 두드리고 있다. 칼이나 호미 같은 간단한 농기구를 만드는가보다. 날이 시퍼렇게 선 칼들이 상판 위에 놓여 있다. 선술집도 있다. 상판 양쪽에는 불뚝 선 남자 성기 모양의 목각상을 세워 놓고 안쪽에서 젊은 주모가 한방 술을 팔고 있다. 모두들 그 목각의 불뚝 솟은 부분을 손으로 휘감아 잡고 사진을 찍으며 낄낄대고 즐거워했다. 술맛을 모르는 내가 조금 맛보니 한약 맛이 났다. 우리는 그 맛에 감탄하며 술이 아니라 한약이라 우겨대면서 종일 즐거워했다.

화개장은 조선 말기부터 전국 5대 시장 중 하나였다. 지리산 화개 마을 화전민들이 더덕이나 도라지·고사리를, 구례 마을에서는 실·바늘·거울·가위를, 하동 남쪽 지방에서는 미역·김·고

등어·명태 등의 해산물을 들여와 이 장터에서 거래했다. 경상도, 전라도 지방의 사투리가 섞인 이곳 특유의 사투리도 만들어냈다.

장터 골목을 돌다 끝 집에 다다르니 장독대 뒤쪽에 만개한 붉은 꽃이 고와 보였다. 무슨 꽃인지 궁금해서 기웃거리는데 쉰 살쯤 되어 보이는 아주머니가 옆문에서 나왔다. 대뜸 "뭘 살기요?"하고 묻는다. "아니요, 저 꽃 이름이 뭔지 알고 싶어서요." "와 묻는기요? 살 거도 없으믄서." 하며 눈을 흘기고는 팽하니 들어가 버린다. 무안하고 불쾌했지만 그녀는 소위 '경상도 문딩이'가 아닌가! 하기야 나도 잘못이지. 남은 살려고 애쓰는데 카메라 메고 꽃 타령이나 하고 돌아다니니 얼마나 아니꼬웠겠는가.

장터 옆 산길로 가는 길가에 작은 공원 같은 공간이 있었다. 넓적한 돌 판들이 있고 가운데쯤 '역마상'이라 불리는 조형물이 놓여 있다. 김동리의 소설 '역마'를 주제로 한 기념상이다, 이 소설의 무대가 화개장터인 것이 기억났다. 소설 중 '성기'라는 주인공은 역마살을 타고 나서 이룰 수 없는 사랑을 남겨 둔 채 어디론가 떠나가는 인물로, 변두리를 떠도는 인생을 표현한 소설이다. 이를 기념하여 김동리의 이름과 그의 글을 적은 기념 돌판을 세워놓았다.

길가에는 천하대장군 나무 기둥을 양쪽으로 세우고 가로질러 '화개장터'라는 현판을 걸었다. 그 옆쪽 짙은 갈색 나무판에는 박경리의 소설 '토지'의 무대인 평사리와 쌍계사로 가는 지도가 그려져 있어 이 장터가 그 소설과 연결되어 있음을 알 수 있다. 소설 중 월선의 주막을 찾아오던 용이의 모습이 보이는 듯하다. 30만여 평의 농토를 품고 있는 평사리에서 펼쳐지는 사연은 이곳 화개장터까지 뗏목을 타고 이어진다. 폭풍 같은 변혁의 시대를 살아가는 가족의 이야기이다. 아마 이 두 소설로 인해 화개장터 의 명성을 얻고 있을지도 모른다.

돌아서 나오는 길은 떠들썩했다. 본 것, 먹은 것, 사들고 나오는 것들에 대해 애깃거리가 많은가보다. 난 자꾸 뒤를 돌아보았다. 두 소설의 인물들이 막 걸어 나오는 것 같아서이다. 그러나 그들은 보이지 않고 새로 난 꽃밭 사이로 낯선 사람들만 지나갔다. 한낮의 태양이 뜨겁게 달아올라 떠나가는 나그네의 발길을 재촉한다.

통영, 동호항

　　　　　　화개장터를 벗어나 섬진강과 팔짱을
끼고 남쪽으로 조금만 더 내려가면 하동 땅이다. 왼쪽으로 바라
보면 30만 평의 넓은 농토가 펼쳐져 있는 평사리 마을이 한눈에
들어온다. 파란만장한 박경리의 소설 '토지'의 무대가 바로 이곳
이다. 도로변에 줄지어 선 벚나무에는 벚꽃이 만개하여 나그네의
설레는 가슴으로 오래된 그리움이 날아와 앉는다. 도도하게 넘실
대는 섬진강의 물결은 지나간 슬픈 역사를 잊고 내일을 향한 희망
만을 애기하자고 강기슭의 풀잎과 속삭이며 바다로 흘러든다.

　하동에서 조금만 더 내려가면 서쪽으로 통영시, 동쪽으로는 남
양군인 땅 끝에 이르고, 한려수도라 불리는 다도해가 바다 멀리
까지 펼쳐져 있다. 통영 쪽으로 바다를 끼고 들어가니 비릿한 바
다 내음이 폐부로 스며든다. 육지로 깊숙이 들어와 만을 이룬 동

호항에서 차를 내렸다. 통영은 농어촌이다. 산기슭에서는 간단한 농사를 짓고, 바다에서는 해물을 건져 올린다. 그럴 듯한 건물이 있기는 하지만 큰 도시의 면모는 갖추지 못했다. 반원형의 만을 끼고 잘 포장된 도로와 광장이 있고 상점들이 산자락을 감추며 울타리처럼 둘러서 있다.

가득히 정박해 있는 어선들 위로 여유로운 갈매기의 날갯짓이 한가롭기만 하다. 이 동호항 중앙에 어물을 팔고 사는 중앙 시장이 있다. 줄지어 펼쳐 놓은 커다란 플라스틱 함지박에는 크기도, 작기도, 잘생기기도, 못생기기도 한 온갖 종류의 생선들이 물을 튀기며 퍼덕거린다. 넓은 통바지에 머리에 수건을 질끈 동여맨 아지매들이 큰 함지박을 앞에 놓고 갈대숲을 지나는 바람소리처럼 거친 경상도 사투리로 생선을 사라고 소리를 쳐대니 어물시장은 꽤나 시끌벅적한 곳이다.

크고 희한하게 생긴 고기가 있어 찍으려고 카메라를 들이댔더니 "살끼요?"하고 소리친다. "아니요, 사진 좀 찍으려고요." 하자 "살끼도 아니믄서 사진은 와 찍소?"하며 소리를 질렀다. 나는 머쓱해져서 물러서고 말았다. 이럴 때 경상도 사투리는 도끼로 장작을 쪼갤 때 나는 소리처럼 들린다.

나는 빠르게 한 바퀴 둘러보고는 장터를 빠져 나왔다. 일부 친구들은 생선을 사서 회를 떠서 먹느라 뒷방에 들어가 퍼질러 앉았다. 나는 바다에 띄워 놓은 거북선을 보기 위해 부지런히 걸어갔다. 거북선에 들어가니 넓은 공간에 총포가 두어 개 있고 이순신 장군의 모형상과 몇 가지 소품들이 놓여 있다. 어두워서 선글라스를 벗어 모자 위에 걸고 구경을 하다 모서리에 머리를 찧는 바람에 안경다리가 부서졌다. 400달러짜리 선글라스가 순식간에 못쓰게 된 것이다.

거북선 바로 맞은편에 한산대첩 홍보관이 있었다. 수박 겉핥기 식으로 둘러보고 나와 옆에 있는 화장실에 갔더니 수준급의 시설을 갖춘 쉼터 같은 곳이었다. 합류한 친구들과 바닷가를 걸으며 고향 땅의 정다움을 떠들어 대었다. 버스에 올라 떠날 때 친구가 여분의 선글라스를 빌려주어 나머지 여행에 불편을 덜어 주었다.

통영의 원래 이름은 '두룡포'이다. 1604년, 선조 37년에 삼도 수군통제사의 통제영이 이곳에 설치되었다. 지금의 해군 총사령부인 셈이다. 통제영이 있었다 해서 후에 통영이라 부르게 되었다. 왜국의 침략을 막은 이순신 장군의 발자국이 남아 그의 호령 소리가 들리는 듯하다.

1950년 4월 1일 창설된 대한민국 해병대가 2개월 후 전쟁을 맞게 되고, 그 해 8월 17일 밤 미군의 도움 없이 자력으로 이곳 통영상륙작전에 성공했다. 북한군의 일부가 여기까지 내려와 막 거제도로 진격하려는 순간이었다. 그렇게 되면 부산이 함락되는 일촉즉발의 순간이요 국가 존망이 걸린 위기의 순간이었다. 결국 북한군은 북쪽으로 퇴패하고 얼마 후 인천상륙작전이 성공하여 대한민국이 다시 일어서게 되었다. 나라의 위기 때마다 그 모습을 드러낸 요충지였음에 틀림없다.

박경리 작가의 고향이기도 한 이곳은 갈매기의 울음소리와 어울려 나라의 슬픔을 정리하고 내일로 향하게 하는 민족정신이 깃든 곳이다. 돛 내린 어선이 파도에 흔들릴 때마다 정신 잃은 젊은 이들을 향해 고함치는 장군의 호령이 들리는 듯하다. 당파 싸움에 찌든 선량들을 보고 눈물 적시는 장군의 넋이 떠도는 듯하여 숙연해지는 성지이기도 하다.

한산도

　　통영 동호 항에서 차를 타고 조금 떨어진 여객선 터미널로 갔다. 터미널 건물을 지나 바닷가 쪽으로 걸어가니 많은 배들이 밧줄에 매어 있었다. 사람들이 배를 타려고 여기저기 모여 방송 지시를 기다리고 있었다. 선창가에는 생선을 파는 어물상들도 늘어서 많은 사람들이 북적댔다.

　　사람들은 왁자지껄하지만 공중에 나는 갈매기는 못 들은 척 잠잠히 배 위를 맴돌다 돛대 위에 내려앉는 평화로운 항구이다. 도시생활에 찌들어 피곤한 이들이 가끔씩 와서 마음을 시원히 씻어 보면 좋을 듯하다.

　　여객선을 타고 20분쯤 가면 한산도 선착장에 닿는다. 수영장 물밖에 알지 못하던 나는 출렁이는 바닷물이 조금 무섭기도 했다. 여객선 안내원이 특이한 억양의 재담으로 승객들을 웃기고 즐겁게 하며 한산도의 내력을 소개했다. 그러다 보면 바닷물 속에서 솟구친 듯 서 있는 등대를 지나게 되고 방파제를 두른 듯 양쪽으로 산자락이 흘러나온 한산만 안으로 들어가게 된다.

한산만 입구를 통과하면 파도가 일렁거리지 않는 잔잔한 바다가 펼쳐지니 군항으로서 천하 요새임이 틀림없어 보였다. 선착장에서 배를 내려 오른쪽으로 난 해안도로를 따라가면 곧 한산문을 통과하게 된다. 왼편 육지 쪽에는 모양 좋은 검푸른 소나무와 목련이 서로 어울려 숨을 쉬니 마치 산이 살아 심장이 박동하는 듯 생기가 넘쳐 보인다.

봄 소풍을 나온 아이들처럼 우리는 깔깔거리며 길을 따라 걸었다. 길 끝에 이르자 옛적 병사들이 사용했던 우물터가 폐쇄된 채 덮여 있었다. 삼사 년 전 나는 여기서 표주박으로 물을 마시고 지나갔었다. 길은 다시 산등을 오르기 시작하는데 입구에 문이 또 하나 서 있고 그 앞에는 수군 복장의 모형이 창을 들고 양쪽을 지켜 서 있다. 오르는 길가에는 철쭉과 이름 모를 꽃들이 만발한데 정숙해야 할 곳에서 예의 없이 떠드는 우리들을 나무라는 듯했다.

산길 끝에서 이십여 돌계단을 오르면 또 다른 문 충무문이 기다리고 있다. 들어서면 광장인데 정면에는 제승당 건물이 마주 서있고 왼쪽 산기슭에 이순신 장군의 영정을 모신 충무사가, 오른쪽 바다 쪽으로는 수루가 있다. 수루에 놓인 계단을 열 계단 만 오르면 대청마루가 넓은데 거기서 내려다보면 한산만의 물결이 햇빛에 반짝이고 입구까지 훤하게 볼 수가 있다. 별로 높지 않은 산언덕 위에 병영을 꾸리고, 작전을 짜고, 바다를 감시하며 신무기를 개발, 제조하는 역할을 했던 제승당 구역이다.

1592년 4월, 왜장 고니시 유키나카의 부산성 공격을 시작으로 7년간의 긴 임진왜란이 시작된다. 같은 해 음력 7월 8일, 75척의 왜군 함대가 바로 이곳 한산만 안에서 당시 전라 좌수사로 있던 이순신 장군에게 대패하여 50여 척은 불에 타고 열 몇 척은 나포되고 나머지 열 척은 도주하게 된다. 아군의 피해가 전무했던 대승을 거둔 이 해전을 한산대첩이라 한다. 왜장은 뭍으로 도망쳐 한 달여를 풀을 뜯어 먹으며 겨우 목숨을 부지했다고 한다.

이 전투의 승리로 다음 해인 1593년, 이순신 장군은 삼도 수군 통제사로 승진하고 통제영을 이 한산도에 두게 된다. 일백 여 척의 함정과 일천여 명의 수군을 지휘하던 장군은 작전회의를 위해 건물을 짓고 운주당이라 불렀다. 해군 작전사령관실인 셈이다. 당파 싸움으로 장군이 잠깐 구금된 사이 무능하고 시샘 많은 장군 원균의 휘하에 들게 된 함대는 처참하게 부서져 버렸다. 이후 이순신 장군이 재취임하여 십여 척 남은 군함으로 다시 시작하게 된다. 1597년 2월, 다시 한양으로 불려 구금될 때까지 거의 4년을 이곳에서 지냈다.

1740년, 통제사 조경이 운주당 자리에 다시 건물을 짓고 승리를 제조하는 곳이라는 의미의 제승당이라는 현판을 친필로 써 서 오늘에 이르고 있다. 제승당, 충무사, 수루 등의 건물은 1976년에 새로 짓고 구역도 깨끗이 정비하여 오늘에는 빼놓을 수 없는 관광지로 개발되었다.

신을 벗고 수루에 오르니 바닷바람이 서늘하고 한산만과 등대가 멀리 바라보인다. 풍전등화 같던 나라의 운명을 바라보는 장군의 눈물 젖은 모습이 보이는 듯하다. 내 파벌의 이익과 자기의 밥그릇 챙기기에 바쁜 높으신 대감들을 모시고 뒤에서 피를 뿌리며 나라를 지켰던 장군의 영웅적 모습이 눈에 어른거려 마음이 숙연해진다. 손에 든 칼을 내려놓고 먹물 풀어 붓을 들고 애국의 마음을 적어 내렸으니 수루 위로 떠도는 갈매기는 그 혼백의 전령인지도 모르겠다.

　　한산섬 달 밝은 밤에 수루에 홀로 앉아
　　긴 칼 옆에 차고 깊은 시름 하는 적에
　　어디서 일성 호가는 남의 애를 끊나니

거제도

사월의 끝자락, 찬란하던 해가 그 빛을 잃어가는 늦은 오후, 한산도에서 나와 다시 버스에 올라 거제도로 향했다.

이 섬에 들어가려면 뱃길밖에 없었지만 1971년, 다리를 놓아 육지와 연결하고 자동차로 드나들 수 있게 되었다. 조선업으로 인구가 증가하면서 10여 년 전, 1킬로미터가 넘는 거제대교를 놓았다. 해안선이 70리인 거제도가 이제는 육지 같은 섬이 되어 있다. 인구도 많이 늘어 약 25만 명이 살고 있는데, 그중 20만 명이 조선업에 종사하고 있다.

요즈음 잘 나가는 조선업인지라 높은 액수의 봉급이 제때 나오니 주민들이 경제적 여유가 생겼다. 육지로 물품을 구하러 나갈 필요가 없어 현지에서 구입하다 보니 물가가 육지보다 높은 편이다. 거제대교 밑 물길을 견내량이라 부르는데, 이순신 장군이 한산대첩 때 목이 좁아 물살이 빠른 이 견내량으로 왜군을 유인하여 전멸시키는 전과를 올렸다. 이 다리를 건너 호텔로 오르는 언덕에는 온갖 봄꽃들이 만발해 있었다.

삼성중공업 거제조선소를 보기 위해 이른 아침 안내자가 올 때까지 기다렸다. 건물이 크고 화장실도 5성급 호텔처럼 깨끗했다. 언덕 아래로는 조선소와 부두가 내려다 보였다. 내륙 산기슭으로 아파트가 촘촘히 들어 서 있는데, 거제조선소에 입사해 이 아파트에 살며 저축하면 장래가 걱정 없다 한다.

하늘과 바다가 같은 색깔이다. 바닷바람과 육지의 꽃잎이 어울려 춤추고 있다. 제복을 말끔하게 차려 입은 날씬하고 예쁜 안내양이 차에 올라 자기 소개와 함께 관광 규칙에 대해 이야기한다. 사진 찍는 것을 금하니 눈으로 볼 수밖에 없다. 조립되고 있는 거대한 배는 성벽처럼 높아 보였고 그 아래 일하는 사람들이 개미떼처럼 보였다.

구내는 007 영화에 나오는 핵무기 제조 공장처럼 바쁘고 비밀스럽게 움직이고 있었다. 헬멧을 쓴 사람들이 스쿠터를 타고 이동했고 또 다른 구간에서는 선박의 다른 부분을 조립하는 공정을 거치고 있었다. 한국 조선업의 일부분을 지금 우리가 보고 있는 것이다. 860여 척을 수주 받아 이미 650여 척을 성공적으로 인도

했다고 한다. 드릴 쉽, 초대형 컨테이너, 크루즈 여객선 등을 만들어내는데 군함이나 또 다른 종류의 선박들은 다른 회사에서 만들고 있다. 나는 40여 년 전 초라한 한국을 떠나 왔는데 언제 이리도 발전했단 말인가. 조국 대한민국과 그 국민이 모두 자랑스러워 우리는 박수로 화답하였다.

거제도 하면 가장 먼저 떠오르는 것이 거제도 포로수용소이다. 한국전쟁이 발발하고 포로가 생기게 되니 뱃길밖에 없던 고립된 거제도에 수용소를 두기로 했었나보다. 전쟁 발발 6개월 후인 1951년, 수용소를 열고 인민군 포로 15만 명, 중공군 2만 명을 수용했다. 휴전회담이 진행 중이던 1952년 5월, 포로 석방 문제, 처우 문제, 이념 문제로 공산 포로들이 폭동을 일으켜 수십 명의 인명 피해를 내고 한 달 만에 무력 진압되었다. 1953년 2월, 부상 포로 교환이 이루어지고 6월에는 대통령령의 반공포로 석방과 함께 7월 27일, 휴전 협정이 조인되었다. 그리고 거제도 포로수용소도 폐쇄 조치되었다.

섬을 떠나 나오는 길가에는 알록달록한 철쭉꽃들이 무리를 이루어 그 아름다움을 더해 주었다. 햇빛에 번쩍이는 헬멧을 쓰고 스쿠터를 몰며 일터를 누비는 산업 역군들을 뒤로 하고 이제는 외롭지 않은 거제도를 떠나 다시 나그네 길에 올랐다.

김해

　　　　　　복잡한 출근시간을 피해 거제도를 떠나 김해공항으로 향했다. 제주도로 가기 위해서이다. 비행기를 타기 위해 가고 있지만 유적지가 있으니 관광은 못하더라도 역사적 고찰이나 해보며 지나려 한다. 공항으로 가는 길가에는 넓은 평야가 펼쳐져 있었다. 학교에서 배웠던 김해평야일 것이다. 지금은 벼농사보다 다른 농사로 더 많은 수익을 올리고 있다. 멀리서 보면 저것이 강물인가 착각할 정도로 농토는 모두 햇빛에 번쩍이는 비닐하우스로 덮여 있다.

　이제는 대부분의 농가가 벼농사를 짓지 않고 원예 작물을 재배한다. 호남지방에서는 비닐하우스에 채소류 농작물을 재배하고 영남지방에서는 관상용 꽃들을 재배한다고 한다. 아마 기후의 차이 때문일 것 같다. 봄철이어서 그런지 이곳도 봄 색깔로 채색되어 있다. 배꽃이 하얗게 피었는데 그 재배법이 예전과 다른가보다. 배나무 높은 가지는 잘라 주었는지 보이지 않고 꼭 우산을 펼쳐 놓은 모양으로 추수 때 사람들이 쉽게 수확할 수 있도록 나무를 사람의 키 높이로 정리해 놓았다. 나뭇가지들을 쇠줄로 매고 당겨서 옆으로 낮게 퍼지게 한 것이다. 나는 처음 보는 광경이라 흥미로웠다.

나는 대한민국 공군에 복무했다. 김해에도 공군 기지가 있었지만 그곳에 가보지는 못했다. 이름이 김해공항이지만 행정구역상으로는 부산광역시에 속해 있다. 공항을 이용하는 실적으로 평가한다면 전국 4위에 해당하는 공항이다. 일제 말기 일본 육군 비행장을 설립한 것이 시초이다. 해방 후에도 오랫동안 수영비행장이라 부르다가 1960년 이후 김해공항이라 명명하게 되었다.

김해는 김해 김씨의 고향이며 그들의 시조는 김수로왕이다. 이천여 년 전 수로왕이 황금알에서 태어나 가야국들을 통합하여 금관가야국을 세웠다. 자손들에게 왕위를 물려주기는 했지만 후에 신라에 통합되었다. 지금도 김해에 가면 김수로 왕릉이 조선조의 왕릉보다 더 잘 보전되어 있다. 왕비가 인도의 공주였다고 하니 김해 김씨의 피 속에는 인도의 피가 섞여 흐르고 있을 것이다.

김해시에는 '봉하마을'이라는 곳도 있다. 대한민국 제16대 대통령 노무현이 퇴임하여 정착했던 마을이다. 이곳에서 벼농사를 지어 '봉하오리쌀'이라는 상표를 달고 시장에 내놓기도 했다. '봉화산 봉수대 아래 있는 마을'이라는 뜻의 이 마을은 이제는 온 국민의 참배지가 되어 있다. 본래 광주가 본관인 그는 김해에서 태어나고 자랐다. 말도 많고 사건도 많았던 대통령이 임기는 순조로이 마치나 했더니 허망한 죽음으로 온 국민의 가슴을 참담하게 만들었다.

차는 낙동강 하구를 곁에 끼고 오랜 역사를 지켜보았던 김해시로 들어서고 있다. 두 왕을 배출하며 나라를 융성케 하려던 곳이기도 하다. 이제 나는 외국인이 되어 이런 생각을 하며 김해공항으로 가고 있다. 그리고 곧 제주도로 날아가게 될 것이다.

제주도

제주 공항에는 주룩주룩 비가 내리고 있었다. 몸을 움츠리며 대기해 있던 미니버스에 오르니 우리들만의 자유로운 공간을 얻을 수 있게 되었다. 창에 부딪는 빗줄기 사이로 검은 돌 하루방을 찾아보며 잡담과 웃음으로 떠들썩했다. 비는 사람의 마음을 차분하게 하고 추억의 심연으로 빠지게 하는 힘을 가졌는가보다.

차가 떠나고 얼마 되지 않아 모두 조용해지고 창밖을 내다보며 각자 자신만의 사고의 심연으로 빠져 들고 있었다. 비로 인해 계획되었던 일정이 취소되어 우리는 어느 극장에 들어 가 중국인들의 서커스 쇼와 오토바이 쇼를 관람했다. 자리가 없어 복도에 쭈그리고 앉았는데 귓불을 간질이는 느낌이 있어 돌아보니 하얀 싸리꽃이 화사하게 피어 있었다.

다음에는 섭지코지라는 곳으로 갔다. 코끝처럼 삐죽 나온 모양의 지형이라는 제주도 방언이란다. 주차장에 차를 세우고 걸어서 올라가는데 바람이 몹시 불어 못 가겠다는 친구도 있었다. 포장이 잘된 길이었다. 몇 년 전 왔을 때는 비 온 뒤였는지 맨 땅에 질퍽거렸다. 아마 그 후 포장을 했는가보다. 오른쪽으로 검푸른 바닷물이 까마득히 넘실거리다가 해안가 바위 절벽을 치고 하얗게 부서지며 물보라를 뿜어댔다. 정말 절경이다.

왼쪽으로는 노란 유채화가 바닷바람에 고개를 누이고 하늘은 푸르기만 한데 어찌 저리 색깔이 잘 어울리는지 절로 탄성이 난다. 언덕 옆에는 하얀 뾰족탑이 있는 교회당이 있는데, 드라마 '올인'의 촬영지여서 관광객이 끊이지 않는다고 한다. 좀더 위쪽으로 길을 따라 걸으면 코끝처럼 삐죽 나온 땅 끝에 하얀 등대가 서 있다. 어느 유명 작품집에서나 볼 수 있을 것 같은 그림같이 아름다운 경치이다. 등대가 서 있는 절벽 아래 바다에 큰 선돌이 높이 솟아 있는데, 용왕의 아들과 선녀 사이에 슬픈 사랑의 전설이 깃들어 있다 한다.

선돌머리와 몸체에는 갈매기의 배설물이 하얗게 덮여 있고 바다 쪽에는 파도가 밀려와 부딪쳐 아름다운 정경을 연출하고 있다. 그 가까이에는 성산이 군함처럼 우뚝 서 있다. 우리는 아름다운 해안과 등대를 배경으로 어깨를 맞대고 사진 찍으며 즐거워했다. 옷깃과 머리카락을 날리는 거센 바람을 뚫고 아쉬워하며 내려왔다.

골목길로 들어가 성산 아래 차를 세우고 산을 배경으로 전체 사진을 찍었다. 성산은 어릴 때 놀러가던 곳이 아니었던가. 피난 시절 성산포에 살며 형들을 따라 성산에 올라가 칡뿌리를 캐어 즙을 빨며 놀던 곳이다. 산은 그대로인데 동네는 변하여 도시가 되었고 성산포 끝자락이 어디인지조차 찾을 수 없다.

'선녀와 나무꾼'이라는 테마공원에 갔다. 1960년~1980년대에 이르는 그때 그 시절을 소재로 한 공원으로 2만 평 대지 위에 단층으로 건평이 3,000평에 이른다. 사진관, 장터거리, 영화관, 학교, 군대 내무반, 인쇄소, 민속 음식 등을 재현하여 보는 이들에게 감동을 준다. 학교 교실과 군대 내무반 모습에 정신을 빼앗기고 옛적 그 시절로 돌아간 듯 감상에 젖었다.

학교 교실에 비치된 교복을 입고 교모를 쓰고 사진 한 장을 찍은 후 나오는데 어여쁜 아낙네가 물건을 사라고 권한다. 나는 박달나무로 만든 안마기를 하나 사서 들고 나왔다. 여러 번 다녀간 제주 관광이지만 이 테마 공원은 처음이다. 이곳을 찾는 이들 모두 선녀와 나무꾼의 동화처럼 행복한 삶이 계속되기를 빌어 본다.

민속촌에 들르면 언제나 입심 좋은 젊은 여성이 나와 관광객의 정신을 홀랑 빼놓는다. 똥돼지 뒷간을 재담으로 재현하며 나무 작대기가 걸쳐진 제주도 집 대문의 유래를 설명해 준다. 살림살이 방을 보여주고 창고와 부엌을 보여준 후 마지막으로 한 방에 모아놓고 미리 계획해 둔 제주 특산품을 열심히 소개한다. 한 가지씩 사지 않을 수 없게끔 정성을 들여 관광객의 마음을 빼앗았지만 우리는 물건을 사기보다는 키득거리며 사진 찍고 농담을 늘어놓는 데 정신이 팔려 있었다.

　바람이 몹시 부는 날인데도 우리는 잠수함을 타고 해저 관광을 하기 위해 연락선을 타고 깊은 바다로 갔다. 선착장이 있는데도 파도가 심하게 일렁이니 잠수함으로 옮겨 타는 일도 수월치 않았다. 나는 잠수함 탔던 것보다 파도 속에서 오르내리던 일이 더 좋은 추억으로 남아 있다. 잠수함이 어디로 운행하는 것이 아니라 그 자리에서 잠수만 하는 것임을 알고는 좀 실망스러웠다. 그러나 거의 40미터 깊이까지 내려가 창을 통해 온갖 색깔의 작은 물고기와 연산호, 돌산호를 보았고 헤엄치는 까만 잠수복의 잠수부까지 보고는 다시 물 위로 올라와야 했다. 안내자는 그 과정을 특유한 억양으로 방송하며 관광객들을 즐겁게 해 주었다.

　우리는 정오 비행기를 타고 부산 김해비행장을 향해 떠났다. 한국전쟁 1·4후퇴 당시 우리 식구들은 제주도까지 피난을 갔다. 거기서 학교를 다니며 담임선생님에게서 노래를 배웠다. 1971년

여름, 친구와 목포에서 배를 타고 제주도를 다시 찾았다. 그때만
해도 변한 것이 별로 없었다.

그러나 지난 20년 동안은 많이도 변했다. 다녀올 적마다 점점
더 변해 있는 것을 보게 된다. 옛적 제주도의 모습은 점점 사라져
가고 있다.

제주 해비치 호텔

　　　　　비 내리는 제주도의 첫날 일정을 마치고 어두워지는 시각에 해비치 호텔에 당도했다. 추적추적 내리는 비에 젖으며 큰 문으로 들어서자 길게 펼쳐진 접수처에서 가이드가 우리의 방 수속을 하고 있었다.

　그곳을 지나 유리문을 밀치고 들어서니 큰 사각형의 로비가 광장처럼 눈앞에 펼쳐진다. 사방으로 9층까지 객실이 솟아오르고 입구 오른쪽에 승강기가 오르내리는 것이 투명하게 보인다. 왼쪽 코너에 작은 무대가 설치되어 버들가지처럼 가늘어 보이는 여자 가수가 피아노에 맞추어 조용하게 옛 팝송을 부르고 있다. 나는 금방 노래에 매료되어 그 앞으로 다가가 눈인사를 나누었다. 'I have a song for you.' 라고 하며 살짝 미소짓더니 기대치 않게 노사연의 '만남'을 정확한 한국어로 부르기 시작했다. 억양이 조금

이상했지만 아주 정확한 발음이었다. 몇 곡의 한국 가요를 더 들은 후 난 영어로 말을 걸었다. 자기는 월남에서 온 가수이고 남편은 피아노를 친다고 했다. 나는 짐을 풀고 다시 오겠노라 하고 방을 찾아 올라갔다.

나는 해비치호텔에는 처음 와 본다. 현대그룹 계열의 호텔이라지만 첫 인상은 두 번 생각할 것도 없이 벨기에 브뤼셀의 그랑뿔라스 광장에 온 듯한 기분이다. 시 청사와 왕궁 건물들이 사각형의 광장을 둘러 높이 솟아 있는, 빅토르 위고가 '제일 아름다운 광장'이라고 칭송했던 그 광장이다. 광장 한 구석에는 그가 살았던 방이 지금은 상점이 되어 남아 있다. 그곳에서 젊은이들이 악기를 두드리고 노래를 부르며 젊음의 열기를 발산하기도 한다. 난 왜 해비치호텔에 들어서자마자 그랑뿔라스 광장을 생각하게 되었는지 설명할 수가 없다. 그저 첫인상이 그렇다는 것이다.

멋진 노신사의 모습으로 음악을 감상하고 싶어 옷을 갈아입고 파라솔이 세워진 테이블에 앉았다. 그 월남 여가수는 두어 곡을 더 부른 후 시계를 보더니 공연을 끝내는 것이었다. 내일 저녁 다시 보자고 하며 그 여인은 떠나갔다. 바로 그때 우리 일행들이 몰려 내려오기 시작했다. 왜 옷을 잘 차려입었냐며 시비를 걸다가 모두 노래방으로 가자며 몰려갔다. 우리는 거기서 모두 망가졌다. 잘 되지도 않는 트위스트 춤을 춘다며 비틀어 대며 흥겨운 시간을 보냈다. Y는 그날 저녁 이후 완전히 목이 잠겨서 일정을 다 마칠 때까지 말소리를 제대로 낼 수가 없었다. 로비로 돌아오니 불은 다 꺼지고 쓸쓸한 분위기였다.

우리는 다시 둘러앉아 떠들며 늦은 밤을 즐겼다. 그리고 아침이 되어 Y는 뒷주머니에 있어야 할 돈 지갑이 없는 것을 알게 되었다. 일만 달러의 현금이 든 지갑이었다. 한국에 사는 친구 S가 로비로 전화해서 분실물 습득 여부를 확인하니 거기서 보관하고 있다는 것이다. 어떤 투숙객이 습득해서 가져왔다는 것이다. 돌려받은 지갑에는 현금이 고스란히 있었다. Y는 감사와 사례를 하겠다고 야단이었지만 받아 줄 사람이 아무도 없었다. 여행지에도 정직한 사람이 있다는 것을 경험한 우리의 마음은 매우 흡족했다. 감격한 Y는 집에 돌아가면 너희들과 함께 밥 먹는데 다 쓰겠다고 했는데, 실천을 하려나 모르겠다.

이른 아침 바닷가는 고요하다. 아직 어둑한 바다를 내다보며 식당 테이블에 앉아 아침을 먹고 친구들과 이야기하던 시간은 좋은 추억으로 남았다. 음식을 탐하지도 않고 시간에 쫓기지도 않으며 먹는 호텔식 아침식사는 여행 중 큰 즐거움이었다. 유리 창 밖으로 보이는 바닷가에는 작은 파도가 부서지며 아침을 깨우고 있었다. 이른 아침인데도 바닷가를 거니는 젊은 쌍들의 다정한 모습도 보였다. 사랑을 키우고 추억을 쌓아가는 젊은이들의 모습이 아름답고 부럽기만 했다. 고요함 중에는 서로의 마음의 교류가 유연하게 이루어지지만 소란함 중에는 서로의 일그러진 얼굴만 확인하게 될 것이다. 갈매기의 고요한 비행을 바라보면서 여행의 여유로움을 만끽하며 아침을 먹었다.

둘째 날 저녁, 해비치호텔에서의 마지막 밤이다. 다른 쪽 코너로 무대가 바뀌고 그 앞 소파에 우리는 진치고 앉았다. 그 녀는 감미로운 노래로 우리를 흥겹게 하기도, 추억의 분위기로 젖어들게도 해 주었다. 음악이 끝나고 불이 꺼지고 그녀가 떠나고 친구들도 하나씩 일어난 후에도 나는 오랫동안 남아 있었다. 유럽의 광장에 앉아 음악을 들은 듯한 기분이다. 그때도 노랑머리 젊은이들과 어울려 노래를 불렀다. 이제 세월이 흘러 추억과 현실을 분간 못하고 느린 걸음으로 흐느적거리고 있다. 다 떠난 후 일어서는 내 모습이 쓸쓸한 노인의 모습은 아닐까.

해비치호텔은 나에게 젊은 날의 한 토막을 추억하게 하는 좋은 시간을 주었다. 늙으면 새로운 것을 추구하기보다 추억을 되씹는 것을 더 즐겨하는지도 모르겠다. 제주의 신라호텔과 롯데호텔은 전에 다 가 보았고 이번에 해비치호텔은 이렇게 다녀간다. 그리고 이렇게 제주 관광여행도 끝나고, 내일은 부산으로 돌아가게 될 것이다.

부산 해운대

　　　　　부산 김해공항에 도착하니 오후 한시
였다. 부산 지역에는 비가 주룩주룩 내리고 있었다. 비가 오니
갈 데도 없고 금강산도 식후경이라 점심을 먹으러 가기로 했다.
　차를 세운 곳은 부산 자갈치시장 앞이었다. 건물 이층으로 올
라가니 큰 해물 뷔페 집이었다. 듣도 보도 못한 갖가지 해물이
그야말로 산더미처럼 쌓여 있었다. 손님들은 떠들어대며 점심을
즐기고 있었지만 해물에 밝지 못한 나는 조금씩 아는 것만 골라
먹을 수밖에 없었다. 해물을 좋아하는 친구들은 생일상을 받은
듯 즐거워했다.
　자갈치 시장이야 예전부터 유명한 곳이 아니던가. 지금은 아마
전국에서 제일가는 수산시장일 것 같다. 한국전쟁으로 많은 피난
민들이 이 지역으로 몰려들고 모두가 생활고를 겪던 시절이 있었

다. 남자들의 일거리가 별로 없었기에 아낙네들이 작은 함지를 들고 해변에 나가 조개를 캐거나 뱃사람에게 사정해 작은 물고기 몇 마리를 얻어 길가에 나와 앉아 "내 고기 사래이!"하고 어렵게 입을 떼던 곳이 이곳이다. 아낙네들이 얼마나 억세게 일을 했는지 후에 '자갈치 아지매'라는 이름까지 얻어 유명세를 떨치게 되었다. 그 시절 자갈치시장과 국제시장은 피난민들의 깊은 시름이 섞여 있는 곳이다.

검은 구름 속으로 해가 저물기 시작할 무렵 우리는 용두산 공원에 있는 부산타워로 올라갔다. 해발 70미터의 용두산 위에 120미터 높이의 타워를 세워 놓았다. 팔각정은 바라보기만 하고 이순신 장군의 동상도 지나쳐 타워 앞에까지 갔다. 두 대의 승강기가 오르내리는데 손님이 별로 많지 않아 우리는 바로 탈 수 있었다. 승강기를 내린 곳은 제일 꼭대기 전망대였다.

사방을 전망할 수 있도록 둥그렇게 유리창으로 되어 있었다. 맑은 날은 일본 대마도까지도 볼 수 있다고 한다. 부산을 잘 모르는 나는 그저 굉장한 도시를 내려다보고 있다고 생각했다. 온통 건물로 가득하여 물 위로 건물이 솟은 듯해 보인다. 리오데 자네이로 산정에서 내려다 본 도시에서는 자연의 아름다움을 볼 수 있었는데, 여기서는 인간 능력의 산물을 보는 듯하다. 나는 60년 전 한국전쟁 당시 제주도로 가기 위해 부산에 처음 왔다. 어느 교회당 밖에서 쭈그리고 잠을 잤으며 거기서 주는 주먹밥을 움켜 잡았던 생각이 난다. 그때는 초라한 항구 도시였다.

학생 시절 누군가를 만나기 위해 부산역 앞에서 오랫동안 기다렸던 생각도 난다. 약혼녀와 함께 해운대 백사장을 거닐던 생각도 난다. 그러나 그것들은 모두 흑백사진으로 변했고, 천연색 사진은 내가 지금 내려다보고 있는 이 굉장한 부산의 모습이다.

해운대에서 제일 좋다는 파라다이스호텔로 갔다. 밤늦게까지 친구 몇 명과 로비에 앉아서 어두운 바다의 파도 소리와 함께 우크라이나에서 왔다는 여가수의 음악을 즐겼다. 아직 어두운 새벽에 나는 해운대 해변으로 나왔다. 방을 같이 쓰는 친구가 혼자만 가려 한다며 급히 따라 나왔다. 새벽 바다는 아직 잠들어 있어 파도 소리조차 들리지 않는다. 1.5킬로미터가 넘는다는 해운대해수욕장을 한눈에 가늠할 수 있었다. 참 오랜만이었다.

변하기도 많이 변했다. 해변가로 마루를 깔은 듯 보행로를 만들어 놓아 걷기 좋았다. 꼭 내가 사는 곳의 라구나 비치를 걷는 듯한 해안 분위기였다. 동쪽 끝에서는 새벽이 달려오고 있고 서쪽 끝은 아직 잠들어 있는 동백섬의 숨결이 고르기만 했다. 좋은 산과 물이 있고 바다를 바라 볼 수 있는 곳이면 명당이라고 하여 삼포지향이라 한다. 바로 이곳이 그러하여 해운대라는 이름을 얻었다. 850년경, 신라시대 최치원이라는 학자가 중국 당나라에 다녀와 벼슬을 하다가 신라 말기의 퇴폐한 정치계를 떠나 가야산으로 가던 중 이곳에 이르게 되었다.

경치가 너무 좋아 무아지경이다가 동백섬 아래 넓적한 바위에 해운대(海雲臺)라고 새겨 넣었다. 그의 아호가 해운이었다. 그 이후로 이곳은 해운대라 불리게 되었다.

해운대 서쪽 끝 동백섬에는 이야기가 또 있다. 바로 '황옥공주 인어상'이다. 동백섬 물가 바위 위에 인어상이 하나 있는데, 전해지는 전설이 있다. 아득히 먼 옛날 인어의 나라 '나란다'의 황옥공주가 무궁 나라 은혜 왕에게 시집갔다. 고향이 너무 그리워 보름달이 뜨는 밤이면 바닷가에 나와 외할머니가 주신 황옥에 비치는 고국 '나란다'를 들여다보며 눈물을 흘리곤 했다고 한다.

해운대 백사장 중간쯤 오면 가로로 긴 자연석이 또 다른 작은 돌 위에 놓여 있는데 그 돌 앞면에 '해운대 엘레지'의 가사가 적혀 있다. 1950년 대 말에 대중가수 손인호가 부른 '해운대 엘레지'의 가사이다. 원래 3절까지 있는데 여기는 1절과 3절만 기록되어 있다.

언제까지나 언제까지나 헤어지지 말자 맹세를 하고
다짐을 하던 너와 내가 아니냐 세월은 가고 너도 또 가고
나만 혼자 외로이 그때 그 시절 그리운 시절 못 잊어 내가 운다

울던 물새도 어디로 가고 조각달도 기울고 바다마저도
잠이 들었다 밤이 깊은 해운대 나는 가련다 떠나가련다
아픈 마음 안고서 정든 백사장 정든 동백섬 안녕히 잘 있거라

또 다른 돌판에는 이런 시도 있다.

해운대에 올라
구름 속에 치솟는 듯 아스라이 대는 높고
굽어보는 동녘 바다 티 없이 맑고 맑다.
바다와 하늘빛은 가없이 푸르른데
훨훨 나는 갈매기 등 너머 타는 노을

동녘이 밝아오기 시작한다. 사진 몇 장 찍고 들어가면 우리는
경주를 향해 떠날 것이다. 모든 기억이 회색으로 변할 때 해운대
의 기억도 그리되겠지….

경주 천마총, 석굴암, 불국사

　　　　　　　　　　부산을 떠나 동해를 오른쪽으로 끼고
북쪽으로 올라가기 시작했다. 집을 나선 지 벌써 여드레째 다.
그래서인지 우리 모두는 차 안에 조용히 녹아들고 있었다. 나도
제일 뒷자리에 앉아 감기려는 눈꺼풀을 밀어 올리며 차창 밖을
내다보았다. 유모차에서 잠드는 어린아이처럼 우리는 흔들거리
는 차내에서 여행의 피곤함을 졸음으로 달래고 있었다.

　우리는 이미 경주에 들어서서 신라시대 고분이 밀집되어 있는
지역에 와 있었다. 일반에게 공개되는 천마총 고분을 보기 위해
입구로 들어가는 길가에는 민족의 얼이 서린 듯한 고풍스런 노송
들이 도열하여 숲을 이루고 있다. 봄바람이 스쳐 지나가니 간지
러운지 솔잎이 파르르 떨며 소리를 낸다. 소나무 숲에 바람 지나
가는 소리는 고향 찾은 나그네의 가슴에 묻힌 그리움을 불러낸

다. '천마총'이라고 이름표를 달고 입을 벌리고 있는 고분 입구에 오니 여인의 가슴처럼 봉긋한 돌무지무덤인 고분들이 많기도 하다. 불을 밝힌 내부로 들어가니 바로 앞쪽 유리로 막아 놓은 곳에 사람들이 몰려 있고 카메라 플래시가 번쩍거린다.

유리벽 안에는 이 고분의 주인이 누워 있던 자리가 재현되어 있다. 뼈 조각과 장식품들이 몇 개 놓여 있었다. 옆으로는 조약돌들을 모아 테두리를 하고 있었다. 원래는 나무로 방을 만들고 그 중앙 부분에 시신을 안치했었다. 진토로 3미터를 덮고 황토로 5미터를 더 덮어 봉분을 만들었다. 우리 민족 역사의 유구함과 인생의 무상함을 동시에 느끼게 해 주었다.

여기서 금관도 나왔지만 흰 말이 하늘로 날아가는 모습이 그려진 자작나무 껍질이 발굴되었기에 이 고분을 천마총이라 부른다고 했다. '타임머신'타고 천년 세월 너머 검은 색 무덤 속을 다녀 나오니 솔과 철쭉을 양 손에 든 총천연색 현세계가 우리를 반겨 준다. 차를 달려 토함산으로 가는 들녘에는 유채화가 봄바람과 어울려 노란 물결을 만들어 내고 있었다.

지나는 길에 경주 국립박물관에 들러 신라의 선조들이 남겨 놓은 온갖 유물과 모형, 당시 풍물을 알려 주는 전시물들을 관람했다. 에밀레종을 품고 있는 종각 앞에서 사진을 찍으며 봄나들이를 즐겼다. 주위에는 봄꽃들이 화려하게 피어나고 있었다. 종소

리를 들을 수는 없었지만 애절한 선조들의 염원을 생각하면 마음
이 숙연해진다.

　지옥에 있는 중생들도 이생에서 울려 퍼지는 종소리로 교화시
킬 수 있다는 불도의 가르침을 따라 심금을 울리는 종을 만들기를
원했다. 어린아이의 생명을 넣어 만들었다는 이 종은 에밀레 에
밀레 하고 울어 지옥의 중생까지도 교화시킨다고 한다. 기독교적
인 관점으로 말하자면 한 생명을 주고 만인의 생명을 구한 것과
비할 수도 있겠다.

　이 종의 원래 이름은 따로 있었다. 성덕왕의 치적을 기리기 위
해 만든 성덕대왕 기념종인데 일제 때부터 에밀레종이라 부르게
되었다고 한다. 종 중앙 부분에 하늘로 날아오르는 모습의 조각
상이 있는 것으로 보아 이 종소리를 듣는 모든 중생들이 극락왕생
하라는 의미가 내포되어 있을 것이다. 이렇게 선한 마음과 깊은
신앙심을 가진 사람들이 우리 조상님들이다.

　토함산은 750미터 높이의 산이다. 솔과 낙엽수가 울창하고 동
해를 굽어보고 있어 바다 안개가 일면 신비의 산이 되곤 한다.
산이 안개를 들이마셨다 내뱉었다 한다 하여 토함산이라 부른다.
산기슭에 불국사가 있고 산정 가까이에는 석굴암이 있다. 우리는
석굴암을 먼저 보기로 했다.

　'토함산 석굴암'이라 명패를 단 대문을 지나 산 옆구리를 끼고

돌면 평지처럼 된 길을 걷게 해 놓았다. 전에 비하면 참 쉬운 길이다. 부처님 오신 날이 다가오는지 색깔 고운 연등들이 줄에 매달려 온통 길을 덮고 있다.

어린 학생들이 수학여행을 왔는지 길게 줄지어 가고 있다. 토함산에 안개는 없고 재잘거리는 아이들의 소리만 가득하다. 산정에 못 미친 깊숙한 산속에 석굴암(석불사) 부처가 앉아 있다. 흰색 화강암 옷을 입은 여래 좌상이 신라시대 김대성의 손을 빌려 태어난 것이다. 그때부터 지금까지 매일 동해 문무왕의 수중 왕릉과 떠오르는 태양을 천 년도 넘게 바라보고 있다. 칠흑같이 어두운 새벽 토함산에 올라 석불 앞에 삼천 배를 올리는 여인의 모습이 보이는 듯하다. 그 갸륵한 불심이 이 강토를 이제껏 지켜왔는지도 모르겠다.

산을 내려와 불국사 돌계단 앞에 섰다. 이름대로 '부처님의 나라'라는 사찰이다. 어찌 이리도 돌을 떡 주무르듯 정교하게 다룰수 있었는지 모르겠다. 청운교와 백운교 계단을 올라 문을 들어서면 다보탑과 석가탑이 있고 그 뒤쪽으로 대웅전이 있다. 지금은 그 계단을 오를 수가 없다. 파손을 염려하여 폐쇄하고 오른쪽으로 돌아 들어가게 해 놓았기 때문이다. 신라 법흥왕 때 작은 사찰로 시작하여 중건과 개수를 거듭하다 경덕왕 때 김대성에 의해 완성되었다. 실은 김대성도 완공을 보지 못하고, 그의 사망

오륙 년 후에야 완공되었다. 임진왜란 때 불타고 다시 지었지만 원래의 모습에는 이르지 못한다고 한다.

석굴암은 전생의 부모님을 기리기 위해, 불국사는 이생의 부모님을 섬기기 위해 만들었다 한다. 대웅전 동쪽에는 여성적인 다보탑, 서쪽에는 남성적인 석가탑이 자리하고 있다. 석가탑은 일명 무영탑이라 불리기도 한다. 백제에서 온 석공 아사달이 석가탑을 만들고 있을 때 그의 아내 아사녀가 만나러 왔지만 완공 전에는 만날 수가 없었다. 완성되면 호수에 그림자가 비칠 것이라는 스님의 말에 따라 아사녀는 호숫가에서 기다리게 된다. 오래 기다리던 그녀는 어느 날 호수에 비치는 탑을 보고 물로 뛰어들게 된다. 나중에 찾아온 아사달도 아사녀의 죽음을 알게 되자 호수에 뛰어들어 죽음을 맞게 된다. 그 후 이 호수를 영지(그림자 못)라 부르고, 완성된 탑은 무영탑(그림자 없는 탑)이라 부르게 되었다.

가을에 오면 불타는 듯한 단풍이 설악산보다 아름답다. 사찰 지붕 검은 기와 위로 늘어진 붉은 단풍은 오랜 세월의 영욕을 말해 주는 듯하다. 그러나 이른 봄철이어서 분위기가 썰렁하다. 역시 이곳은 가을에 와야 운치가 있을 것 같다.

돌담 앞으로 쌓아 놓은 작은 돌탑들은 많은 사람들의 소원을 품고 있다. 돌탑 꼭대기에 작은 돌을 하나 간신히 올려놓는 여인을 바라보며 무슨 기원을 하고 있을까 생각해 본다.

힐튼호텔에 와서 하룻밤을 보냈다. 창밖으로 보이는 호숫가는 나뭇잎도 없이 썰렁하다. 가을에 오면 단풍이 길을 덮고, 그 길을 따라 자전거를 타고 호수를 돌면 아주 낭만적이다.

일행 몇몇과 그 길을 걸었다. 신라의 흥망성쇠를 한눈으로 보고 오니 마음이 복잡하다. 세월은 모든 것을 가져가나보다. 젊었던 우리도 이제 흰머리를 날리며 주름진 웃음을 웃고 있다. 그래도 보고 싶었고 그리웠던 친구들이다. 우리는 마주 보며 웃음꽃을 피웠다.

강릉 오죽헌

경주를 떠나 북쪽으로 길을 잡았다. 동해안 도로를 따라 포항, 삼척을 거쳐 여덟 시간쯤 북쪽으로 가면 우리의 목적지인 강릉에 이르게 된다. 강릉에서 대관령을 넘는 영동고속도로를 타면 원주를 거쳐 서울로 갈 수 있다.

강릉에서 조금 더 올라가면 속초에 이르고 그 바로 위가 지금은 갈 수 없는 북녘 땅이다. 가시철망 뒤로 그들이 자랑하는 선군 사상을 표출하는 총구가 남쪽을 향하고 있다. 여름철에는 해안가를 따라 해수욕장이 즐비하게 연결된다 하지만 이른 봄인 지금은 썰렁하기만 하다.

삼척에 이르니 건어물 상점이 길가에 가득하다. 차를 세우고 우르르 몰려가 구경하고 맛 좋은 것으로 사서 질겅거리며 한껏 즐거워했다. 나는 전에 이곳에서 특산물이라 해서 북어 한 상자를 사서 서울에 가져다 선물했는데, 나중에 보니 중국산이었다. 그 후로 나는 여행 중 물건 사는 데 알레르기 반응을 보인다. 그래도 이쪽에 오면 황태를 만드는 건어장을 지나칠 수 없다. 명태를 물에서 올려 코다리도 만들고 북어도 만들고 황태도 만든다.

12월부터 이듬해 4월까지 이르는 추운 겨울철 바다 바람에 얼다 녹다하며 말려 낸 명태를 황태라 부른다. 황태구이를 즐기는 이들은 생각만 해도 침이 꼴깍 넘어갈 것이다. 생선일 때 보다 맛이 더 고소하고 단백질 양도 두 배나 늘어난다고 한다. 차 속에는 비릿한 건어물 냄새가 넘치고, 차창 밖으로는 푸른 동해가 시원하게 바라보이고, 차 안에는 비릿한 건어물 냄새와 깔깔대는 웃음소리가 범벅이 되어 흩어지고 있었다.

강릉에 도착했다. 경포대가 있는 곳이다. 옛적에는 깨끗하고 백사장이 좋았다. 지금은 상혼에 물든 음식점이 줄을 지어 있어 백사장은 좁아졌고 여름철이면 다 수용할 수 없을 만큼의 사람들이 북적거리는 곳이다. 옛적에 나는 경포대의 겨울바다가 좋아 여러 번 오곤 했다. 그 아련한 추억이 물결처럼 밀려 왔다 떠나간다.

경포대에서 내륙 쪽으로 돌면 우리의 목적지 오죽헌에 이르게 된다. 오죽헌이라 쓰인 흰 화강암 기둥에 철문이 달려 여행객을 반겨 준다. 문에 들어서면 오른쪽으로 율곡 이이 선생의 입상이

서 있다. 오십 세도 살지 못했던 선생을 왜 저리 노인처럼 허리를 구부정하게 만들었나 생각하며 사진을 찍었다. 경내는 조용한 왕릉에 온 것처럼 아늑함과 엄숙함이 돌았다.

아직 나뭇잎이 다 피어나지 못해 봄이라기보다 겨울 같은 정경이다. 곧장 걸어 들어가면 오죽헌 구역에 이른다. 작은 문에 들어서면 크지 않은 마당이 있고 왼쪽 옆으로 일자형 작은 집 현판에 오죽헌이라 쓰여 있다. 집 주위와 뒤로 검은 대나무 숲이 둘러쳐져 있다. 까마귀처럼 검은 대나무가 있는 집이라는 뜻일 것이다.

오죽헌에는 방이 세 칸 있다. 왼쪽으로 두 칸은 마루방이고 제일 오른쪽 방은 온돌방이다. 이 방이 바로 율곡이 태어난 몽룡실이다. 바다 위의 선녀가 사임당에게 옥동자를 안겨 주는 태몽을 꾸었고, 산달인 12월에는 용이 지붕 위에 서려 있는 꿈을 꾼 다음 날 새벽 율곡이 태어났다. 그리고 여섯 살이 될 때까지 이곳에서 어머니와 함께 살았다.

이곳은 사임당 신씨의 친정집이었다. 마당에는 600년이 된 배롱나무와 매화나무가 있다. 벼슬 운이 트이라고 배롱나무를, 절개와 충성을 다하라고 매화나무를 율곡의 출생에 맞추어 심은 것이다. 율곡이 여섯 살이던 해에 사임당은 친정을 떠나 시댁인 서울로 가게 되었고, 다시는 친정어머니를 보지 못한 채 48세에 세상을 떠나게 된다. 율곡은 16세에 어머니를 잃고 방황했지만 아홉 번이나 과거시험에 장원 급제하는 광영을 누리고, 개혁 정신과 강병을 주장하는 정치를 하게 된다. 그도 장수하지 못하고 50세도 안되어 세상을 떠나게 된다. 그의 학문과 정신은 오늘까지 추앙을 받고 있다.

오죽헌 오른쪽 옆 계단을 오르면 그의 영정을 모신 사당에 문성사라는 현판을 달고 후학들을 맞고 있다. 오죽헌 구역을 벗어나와 다른 건물로 가서 신사임당이 읽던 책들과 서예품, 그림, 쓰던 물건들을 진열한 박물관을 둘러보고 나왔다. 앞마당 넓은 곳에 검은 돌로 신사임당의 좌상을 세우고, 그 앞에 겨레의 어머니라는 돌비를 세워 놓았다.

나는 그 앞에 서서 가만히 어머니라고 불러보며 고개 숙여 묵념한 후 봄빛 서리는 나무들 사이를 걸어 오죽헌을 나섰다.

대관령 넘으며 친정을 바라본다
늙으신 어머님을 고향에 두고
서울 길 홀로 떠나는 이 마음
돌아보니 북촌은 아득도 한데
흰 구름만 저문 산을 날아 내리네

겨레의 어머니의 좌상이 있는 뒤 돌벽에는 애끊는 시 한 줄이

새겨져 있다. 신사임당이 여섯 살 된 아들 율곡을 데리고 서울을
향해 대관령을 넘어가다가 친정 강릉 땅을 바라보며 다시 보지
못할지도 모르는 친정어머니를 그리는 애절한 마음을 시 한 줄로
남겨 놓은 것이다.

설악산

　　　　　늦은 오후 강릉 오죽헌을 떠나 속초를 지나 내륙 쪽으로 길을 바꾸어 설악산으로 향했다. 벌써 저녁 그늘이 지고 설악의 계곡에는 썰렁한 바람이 불고 있었다. 동해안을 달려 올라오는 긴 여행으로 우리 모두는 조금씩 피곤을 느끼고 있었다. 그래도 설악의 시원하고 신선한 공기는 머리를 맑게 해 주었고 내일을 기대하는 새로운 기운을 몸속에 채워 주었다.

　가을 단풍을 보기 위해 찾아오던 설악인데, 이번에는 봄철에 소생하는 생명의 기운을 받으려고 왔나 보다. 봄이면 철쭉이, 여름이면 푸른 나무숲이, 가을이면 불타듯 물드는 단풍이, 겨울이면 눈 덮인 산봉우리가 장관이어서 가히 설악산은 남한 제일의 산이라 할 수 있겠다.

　우리는 외설악 쪽으로 들어와 산봉우리와 동해를 동시에 관망

할 수 있을 것이다. 설악파크호텔에서 하룻밤을 쉬고 여행의 마지막 날 아침을 맞게 되었다.

이른 아침 공기가 너무 차서 우리는 두툼한 옷으로 차려 입고 길을 나섰다. 큰 대문이 서 있고 설악산 외설악이라 쓰여 있다. 외설악 입구도 되지만 사찰 신흥사의 입구도 된다. 문을 들어서면 넓은 들판에 고목들이 팔을 벌려 하늘을 향하고, 숲을 이룬 곳에는 순백의 벚꽃이 만발하다. 골짜기마다 철쭉이 무리 지어 피어 있으니 산자락이 흰 저고리에 분홍치마를 두른 여인네처럼 곱다. 신선하고 차가운 아침 공기에 우리는 손으로 코와 입을 막으며 입김을 불어내었다.

저 앞에 제일 높은 대청봉이 1,700미터의 높이를 뽐내며 우뚝 서있고, 오른편 아래로는 울산바위의 등성이가 아침 햇빛을 받아 붉게 물들고 있었다.

왼쪽에 승강장에서 케이블카를 타고 오르면 800여 미터 높이의 깎아지른 듯한 권금성 봉우리에 이른다. 정상에 오르면 넓은 바위가 있고 돌을 쌓아 올린 성곽의 흔적도 볼 수 있다. 신라 때 권씨와 김씨, 두 장수가 난을 피하기 위해 쌓은 성이란다. 계곡 물가에서 권씨가 돌을 던져 올리면 김씨가 받아서 성을 쌓았다는 전설이 있다. 어쨌든 그곳에 오르면 외설악 전체와 동해를 바라볼 수 있다. 바람이 너무 세게 불어 케이블카 운행이 중지되어 오늘은 그곳에 오를 수가 없다고 한다. 나이 먹어 찬바람이 부담되는 친구들은 오히려 다행이라는 표정들이다. 나는 전에 몇 번 올라갔던 터라 별로 아쉬울 것이 없었다. 거기서 향나무로 굵은 알을 엮어 만든 묵주를 사온 적도 있다.

권금성 봉우리를 왼쪽으로 끼고 들어가면 오른쪽에 앉아 있는 큰 불상을 만나게 된다. 통일을 염원하는 마음으로 신흥사가 주축이 되어 만들어 세운 청동 좌불상이다. 일명 통일 대불상이라고도 불린다. 거대한 불상이지만 왠지 주위 분위기와 잘 어울리지 않고 엉뚱하다는 생각이 들었다. 앞에서 옆에서 사진은 찍었지만 특별한 매력을 느끼지 못했다. 염원하는 대로 통일이 속히 오면 좋겠다.

불상을 지나 냇물을 끼고 오르는 길이 산책하기에 아주 좋았다. 오른쪽 산등성이에는 나무가 우거지고 벚꽃이 한창이어서 산행의 신선함을 느낄 수 있었다. 둘씩 셋씩 짝지어 걸으며 나누는 잔잔한 이야기와 가슴을 뻥하니 뚫는 웃음소리가 메아리 되어 돌아왔다. 돌다리를 밟고 내를 건너면 돌을 쌓고 흙을 발라 만든 담장이 길게 산 쪽으로 뻗어 있다. 그 안쪽에는 사찰의 검은 기와 지붕이 흰 벚꽃과 어울려 한 폭의 그림인 듯 우리의 눈길을 끌어당겼다.

담장 가에 길게 줄지어 서서 우리는 사진을 찍고 아침시간의 여유를 즐겼다. 사찰 경내에 들어가니 깨끗이 비질이 된 마당에 아직 발자국이 없다. 말끔하게 정리된 분위기와 함께 단청과 문설주가 깨끗한 것을 보니 좌선하는 스님들의 마음을 읽을 수 있다.

사찰 이름은 신흥사이다. 650년경 신라 때 창건되어 두어 번의 화재로 소실되고 그 후 조선시대에 다시 건립하여 이름도 신흥사라고 명하여 오늘에 이르고 있다. 거느리고 있는 사찰 중에는 우리가 잘 아는 백담사도 있다. 재건된 후 500여 년 동안 이 설악을 지키며 부처님의 자비를 중생들에게 베풀고 통일의 염원까지 주도하고 있다.

10일 동안 고향 땅 몇 곳을 유람하는 여행을 마치고 이제는 서울로 돌아가야 할 시간이다. 신흥사를 내려오며 산봉우리를 돌아다보았다. 울산바위가 눈에 들어왔다. 울산의 큰바위가 금강산으로 가려고 길을 떠나 이 설악산에 이르러 산악의 수려함에 취해 잠깐 쉬었다 간다는 것이 그냥 이곳에 머물게 되었다는 전설을 가진 울산바위이다.

이제 우리도 바위처럼 이곳에 눌러 있지 않으려면 늦지 않게 길을 떠나야 한다. 서로가 아쉬운 마음을 안고 눈가에는 젊은 날의 그리움으로 눈물방울을 맺으며 산을 내려왔다. 화려한 벚꽃이 우리를 불러세우고 마지막 정을 나누는 사진을 찍자고 한다.

벚꽃처럼 아름다운 그대들이여, 철쭉꽃 같은 정열을 가진 당신들이여, 싸리꽃 같은 매혹의 친구들이여. 부디 여생이 이번 여행처럼 즐겁기를 소원한다.